LES FAUX-FUYANTS

DU MÊME AUTEUR

Aux Éditions Julliard

BONJOUR TRISTESSE, roman.
UN CERTAIN SOURIRE, roman.
DANS UN MOIS, DANS UN AN, roman.
AIMEZ-VOUS BRAHMS..., roman.
LES MERVEILLEUX NUAGES, roman.
LA CHAMADE, roman.
LE GARDE DU CŒUR, roman.
CHÂTEAU EN SUÈDE, théâtre.
LE CHEVAL ÉVANOUI, théâtre.
BONHEUR, IMPAIR ET PASSE, théâtre.
LA ROBE MAUVE DE VALENTINE, théâtre.
LA LAISSE, roman.

Aux Éditions Flammarion

UN PEU DE SOLEIL DANS L'EAU FROIDE, roman.
DES BLEUS À L'ÂME, roman.
UN PROFIL PERDU, roman.
UN PIANO DANS L'HERBE, roman.
DES YEUX DE SOIE, nouvelles.
LE LIT DÉFAIT, roman.
IL FAIT BEAU JOUR ET NUIT, théâtre.
LE CHIEN COUCHANT, roman.
MUSIQUES DE SCÈNE, nouvelles.

Aux Éditions J.-J. Pauvert

LA FEMME FARDÉE, roman (coédition française, Éd. Ramsay).
UN ORAGE IMMOBILE, roman (coédition française, Éd. Julliard).

Aux Éditions Gallimard

AVEC MON MEILLEUR SOUVENIR
DE GUERRE LASSE, roman.
UN SANG D'AQUARELLE, roman.

Aux Éditions Laffont

SARAH BERNHARDT, Le rire incassable (biographie).

FRANÇOISE SAGAN

LES FAUX-FUYANTS

roman

JULLIARD
PARIS

ISBN 2-260-00780-5

Labor omnia vincit improbus.

VIRGILE.

Qui moissonne en juin récolte la tempête.

(Vieux proverbe beauceron.)

A mon fils Denis

CHAPITRE I

La Chenard et Walcker resplendissait sous ce beau soleil de juin 40 et ce d'autant plus qu'elle était entourée d'une nuée d'engins poussiéreux et bruyants qui la précédaient ou la suivaient et, parfois, la doublaient sur une autre file. Tout ce convoi se traînait sur une nationale devenue trop étroite, ponctuée de quelques arbres maigrichons et grisâtres : une nationale déchiquetée de temps en temps par les rafales forcenées et rageuses des Stukas et, d'une manière permanente, par celles tout aussi violentes d'un soleil de saison.

— C'est vraiment la lie du parc automobile français, fit remarquer Bruno Delors, le plus jeune et au demeurant le plus snob des quatre personnages assis à l'arrière de la voiture.

— Naturellement ! Tous les gens convenables sont partis depuis huit jours, déclara Diane Lessing, qui était, elle, la plus âgée, la plus riche et d'ailleurs la plus autoritaire.

Cette flânerie dans la débâcle lui paraissait aussi coupable qu'un retard à l'ouverture de Bayreuth et sa voix en devenait aussi sévère.

— Une bonne semaine, oui ! appuya Loïc Lhermitte, Attaché depuis trente ans au Quai d'Orsay et qui intervenait à ce titre. Il n'apportait qu'un point de vue tactique sur leur fuite de la capitale : là comme partout, dans ses jugements, n'importe quel critère lui semblait préférable à celui de la morale.

— Tout cela est de ma faute ! gémit la quatrième personne, Luce Ader, qui avait vingt-sept ans, un mari richissime et absent et, de ce fait, Bruno Delors pour amant depuis deux ans.

Elle venait d'être opérée d'une appendicite, déjà incongrue à vingt-sept ans et plus encore en juin 40. Une appendicite qui avait retardé son départ de Paris ainsi que celui de ses amis et de son amant.

Diane Lessing, elle, avait attendu l'arrivée dans son biplan d'un vieil ami, un lord anglais, lequel sans doute mobilisé en cours de route n'était jamais arrivé. De même, Loïc Lhermitte, supposé partir dans une voiture d'amie et qui avait dû à l'ultime seconde y renoncer, un parent plus proche ou un personnage plus important ayant pris sa place. Tous deux, Loïc et Diane, dans un Paris sans train, sans voiture et sans moyen de locomotion, avaient vu leur affection pour Luce s'accroître au point de guetter sa convalescence et de ne monter qu'au dernier moment dans sa superbe Chenard et Walcker, en même temps que son amant. C'est à la suite de tous ces aléas qu'ils roulaient actuellement vers Lisbonne où les attendait son mari et, pour les récompenser de leur dévouement, une couchette chacun sur le navire frété par Ader pour New York.

— Mais non ! Ce n'est pas votre faute, mon chou ! s'écria Diane. Ne vous déchirez pas avec des remords stupides, Luce ! Vous n'y pouviez rien ! ajouta-t-elle avec un petit sourire méritoire.

— De toute façon, Luce, je vous l'ai déjà dit : j'étais à pied sans vous ! renchérit Loïc Lhermitte !

Il avait depuis longtemps reconnu l'intérêt de ces aveux misérables qui, sur le coup, lui valaient d'être félicité pour sa dérision et son esprit et, plus tard, si besoin était, lui vaudraient de l'être pour son honnêteté. Sa phrase fit ricaner Diane et Bruno qui oubliaient parfois que Loïc, n'ayant pas d'argent, était de temps en temps traité par la société qu'il fréquentait comme quantité négligeable.

Au demeurant Loïc aimait beaucoup Luce Ader et aurait fait bien des choses pour elle, y compris rester dans son appartement confortable à regarder défiler des régiments allemands qu'autrement il craignait fort.

— Voyons, Luce ! s'écria Bruno, perfide, voyons ! Vous savez bien quand même : ce n'est pas uniquement pour vos beaux yeux que Diane a refusé l'avion de Percy Westminster... ! Vous le savez ! Et je la comprends, d'ailleurs ! je trouve ces petits avions privés horriblement dangereux.

Bruno Delors était le fils d'une bonne famille récemment ruinée. Aussi, lorsque rodé et attaché à toutes les conventions du snobisme jusqu'à l'envoûtement, dépourvu des moyens de les suivre matériellement, il s'était proclamé gigolo avec l'agressivité et la conviction de qui cherche la revanche, personne n'avait osé lui dire que ce n'était pas là un métier dont il pût se prévaloir. C'était pourquoi il traitait mal les femmes dont il tirait sa subsistance, comme si, en les pillant avec plus ou moins de succès, il ne faisait que se rembourser de ce que la société avait volé à sa famille.

Depuis deux ans qu'il vivait avec (et de) Luce Ader, il avait perdu de son entrain. L'innocence de Luce, son ignorance absolue de l'argent et de l'orgueil, l'empêchaient d'être aussi brutal avec elle qu'il avait aimé l'être avec d'autres. Il lui en voulait, naturellement, mais comment s'en prendre à quelqu'un qui ne sait pas qu'il « possède » ? Comment voler à qui donne tout ? Faute de rapports de force, il se montrait à présent de mauvaise humeur ou simplement désagréable, ce qui étonnait chez ce garçon qui n'avait été, jusque-là, qu'arriviste, gai et méchant.

C'était ainsi qu'imprudemment il se permettait avec Diane des insolences que Luce eût tolérées mais pas la célèbre Madame Lessing.

— Vous voulez dire que j'ai attendu Luce par peur de l'avion? Avouez que ç'aurait été un calcul idiot, avec ces Stukas qui mitraillent du matin au soir...

— Je ne prétends rien du tout, ma chère Diane, dit Bruno en levant les mains. Dieu m'en garde! Je n'ai jamais rien prétendu à votre sujet!... Et il ajouta: J'espère que vous le regrettez!

Il clignait de l'œil vers Luce. Le malheureux! pensa Loïc. Diane souriait aimablement, les yeux lointains.

— Sur ce plan, mon cher Bruno, ce n'est pas Dieu qui vous en gardera, c'est moi! D'abord, je n'ai plus l'âge de ces... distractions... et, en plus, j'ai toujours préféré les hommes maigres...

Elle riait. Bruno se mit à rire avec elle:

– J'avoue que je n'avais jamais espéré vous séduire, Diane, même si vous étiez partie prenante.

— Mais vous avez tort! Pensez-y! Dans dix ans, par exemple, j'aurai toujours le même âge, moi... dans les soixante-dix ans au pire... Or vous, vous en aurez quarante! Non? Et je ne sais même pas si vous serez assez jeune pour moi, mon petit Bruno, à quarante ans ! On vieillit beaucoup plus à votre âge, et à votre poste, qu'aux miens ! Croyez-le !...

Et d'un air de compassion, elle ajouta :

— C'est très épuisant, vous savez, de devoir plaire si longtemps.

Il y eut un silence. Bruno était devenu rouge et Luce qui ne comprenait pas — ou feignait de ne pas comprendre, une fois de plus, par lâcheté ou ennui (Loïc ne savait pas encore quelle était la bonne hypothèse) —, Luce se mit à japper comme un jeune chiot que l'on dérange.

— Mais enfin ! Que se passe-t-il ? Je ne vous suis pas... Qu'est-ce qu'il y a ?...

— Il ne se passe rien, dit Loïc. Vous m'excuserez, je vais marcher un peu, j'ai besoin de bouger...

Il descendit de la Chenard et Walcker et prit le bord de la route.

Il fallait arrêter tout cela, ces rires mesquins et ces bêtises agressives, pensait-il. Quitte à mourir mitraillé, autant mourir poliment. Déjà que tout craquait en France, si le vernis en faisait autant ils étaient fichus. Loïc éprouva soudain quelque orgueil à se dire que ce vernis si superficiel et si vain, si souvent assimilé au snobisme ou à l'hypocrisie, si souvent ridiculisé, ce vernis, donc, lui permettrait de mourir avec autant de pudeur et de courage que leur héroïsme à d'autres hommes de meilleure qualité, dans de plus valables circonstances. Cela dit, ce petit

Bruno ne l'avait pas volé. Diane était facilement féroce dans ces cas-là. Et Loïc, en souriant, dut s'avouer que lui-même en aurait fait autant.

Après des années de vie parisienne, un bon mot était devenu pour lui le pouvoir suprême, le passeport irrésistible qui transgressait toutes les lois, y compris celles de la bonté... et même celles de la décence. Qui éclipsait aussi celles de l'ambition personnelle : Loïc Lhermitte était l'un de ces hommes prêts à briser leur carrière pour un bon mot. Un de ces hommes déjà rares et devenus à présent introuvables depuis que les « affaires » (au pluriel) étaient, pour la majorité, devenues « leur affaire » (au singulier). Et maintenant en Europe comme en Amérique.

Un enfant lui marcha sur les pieds et trébucha sur lui avant de s'écrouler sur l'herbe en hurlant. Sa mère, de la voiture où elle transpirait au soleil, lui jeta un regard haineux et Loïc fit demi-tour. Décidément, mieux valait se réfugier dans ce petit cocon luxueux et méchant que traîner sur cette route bourgeoise et morale.

La somptueuse limousine avait provoqué, dès la sortie de Paris et sur de nombreux kilomètres, les lazzi des fuyards qu'ils doublaient à petite allure et qui les redoublaient à leur tour, au gré des files. Petit à petit, la chaleur, les Stukas, les embouteillages, le désarroi, la terreur avaient éteint l'ironie ambiante, surtout lorsque la lenteur du convoi et l'accumulation progressive des véhicules, plus ces haltes obligatoires, avaient fini par imposer à tous les mêmes voisins devant et derrière. Dans le cas de la Chenard et Walcker c'était, devant eux, une voiture où s'entassait une famille nombreuse et hurlante et, derrière, un minuscule engin où se tenait, sans se dire un mot, un couple très âgé et très haineux. Il ouvrit la portière. Bruno faisait toujours la tête dans son coin et Luce et Diane pépiaient.

— Vous ne trouvez pas ça admirable, quand même, Luce, la campagne ? disait Diane. Quel spectacle !... On ne voit jamais ça, à Paris... Et pour cause, me direz-vous... Mais il est vrai qu'on n'a pas le temps de regarder par la fenêtre, à Paris... C'est autre chose, non ? Regardez ici, ce silence, ces espaces, cette...

— Je voudrais que vous vous arrêtiez avant d'ajouter : cette paix, Diane, dit Loïc.

Elle se mit à rire car en effet elle avait failli le dire.

— Il reste quelque chose à boire ? demanda-t-elle.

Loïc se retourna vers le chauffeur immobile derrière la vitre de séparation et y toqua avant de lancer tout d'un coup à Bruno, toujours grognon :

— Ecoutez, mon vieux, si vous vous occupiez de ça, hein ?

Et il se retourna vers les deux femmes qui le regardèrent avec curiosité. Eh bien, oui ! Lui, le si courtois, le si empressé, le si serviable Loïc Lhermitte avait passé la cinquantaine et sans remords refilait les travaux domestiques à un gigolo de trente ans. Ce n'était pas si extravagant. Entre-temps le chauffeur avait baissé la vitre. Bruno bafouilla :

— Nous avons soif, André... Jean... Vous avez le panier ?

— Mais parfaitement, Monsieur. Monsieur veut-il que je l'apporte à l'arrière ?

— C'est ça, c'est ça ! Oui, parfait ! Ce sera parfait ! glapit Diane. Et vous prendrez quelque chose, Jean. Cela vous évitera d'être distrait en conduisant. C'est curieux comme les voyages peuvent donner faim, non ? ajouta-t-elle en glissant ses ongles bombés et rouge sang entre deux boutons de son corsage.

Le chauffeur avait ouvert la porte arrière, posé le panier à provisions sur la moquette, entre les pieds de Loïc et Diane, et tentait de le pousser un peu plus loin entre les quatre passagers ; mais Diane avait d'un seul coup ramené ses genoux vers elle et coincé entre ses mollets le panier qu'elle maintenait comme un ballon de football.

— Laissez-le là, dit-elle, ça ne me dérange pas, je vous assure ; j'ai les jambes moins longues que Luce, comme vous le savez. Je sais que je suis un petit modèle et que la mode est aux grands chevaux, style américain, mais ça n'a pas toujours été le cas ; il y a eu un moment où les petits modèles, justement, ont eu leur succès. Croyez-moi ! dit-elle en s'adressant alors à l'étrange interlocuteur invisible et passionné par ses dires qu'elle convoquait parfois lorsque son auditoire montrait trop peu d'intérêt à sa conversation.

Pendant tout ce temps elle fouillait de sa main baguée dans le panier à provisions et en retirait triomphalement, à la fin de son discours, une bouteille de vin blanc flanquée d'un tire-bouchon.

— Luce! dit-elle en brandissant la bouteille, un petit coup de euh... euh... (elle regarda l'étiquette) un petit coup de Ladoucette?

— Non, merci beaucoup.

Ils s'étaient arrêtés, trois heures et cinquante kilomètres plus tôt, dans une de ces auberges moyenâgeuses comme on en trouve aux alentours des nationales et où le patron, apparemment rétif à toute actualité, avait tenu à leur faire goûter son foie gras. Bref, ils n'étaient sortis de table que deux heures avant et Diane avait déjà, depuis, avalé deux œufs durs qui ne calmaient pas sa faim.

— Je me demande vraiment où vous pouvez mettre toute cette nourriture? siffla Bruno entre ses dents blanches et en parcourant du regard le corps osseux de Diane. Je ne sais pas où vous pouvez mettre tout ça, mais quand même, chapeau!

— J'ai toujours été une femme qui brûle ses calories au fur et à mesure, dit Diane avec un air expérimenté et assez content de sa physiologie privée. J'espère que vous en faites autant.

Leur voiture redémarra d'un coup et Diane, qui était assise au bord de la banquette, essaya d'attraper la poignée de velours à son côté, la manqua et repartit en arrière; elle alla retomber au fond de son siège, battant des pieds et des bras pour retrouver son équilibre avec un manque de grâce qui fit rire in petto les deux hommes.

C'est alors qu'un cri de femme s'éleva. Une voix aiguë qui hurlait:

— Ils arrivent! Ils arrivent!

Et ses aigus montaient.

— Parce que vous trouvez les voitures plus sûres, vous, Bruno? eut le temps de lancer Diane, tout en rentrant instinctivement la tête dans les épaules...

Car «ils», on le savait à présent, c'était les Stukas allemands et leurs mitrailleuses.

— Arrêtez, Jean!

Bruno tapait un peu trop fort à la vitre de séparation du chauffeur qui ne l'avait pas attendu, d'ailleurs, pour se garer sur le talus.

«Je ne veux pas mourir avec ces gens-là!» pensa Loïc Lhermitte. «Je ne suis pas arrivé à cinquante ans et plus pour mourir avec ces caricatures!» se dit-il une fois de plus car ils avaient déjà été mitraillés deux fois depuis Paris.

Tandis que Luce et Diane se couchaient sur le plancher de la voiture et que lui-même et Bruno se plaçaient galamment au-dessus d'elles, en protecteurs, Loïc, par malheur pour lui coincé sur le tas d'os aristocratiques de Diane Lessing, grognait et continuait à regimber : « Voilà où me mènent trente ans d'obéissance aux diktats du monde ! Trente ans de docilité, de bonne humeur et de célibat forcé ! »

Car Loïc gagnait avec ses émoluments au Quai d'Orsay assez d'argent pour vivre mais pas dans le monde qu'il aimait et qui lui était aussi essentiel que l'oxygène. Depuis trente ans, par conséquent, il faisait partie de la « société » pour ses qualités personnelles mais aussi en tant que quatorzième à table, quatrième au bridge, cavalier immédiat de telle ou telle veuve, divorcée ou célibataire femelle. Et c'est presque par respect humain que peu à peu il était devenu pour le monde le pédérastique et charmant Loïc Lhermitte. Quelle autre explication, en effet, à son célibat ? Il avait bien fallu, vis-à-vis des femmes qui lui plaisaient ou à qui il plaisait lui-même — et cela n'avait pas été rare —, inventer quelque chose qui l'empêchât d'avoir le destin normal d'un homme normal, mais destin qui lui aurait coûté sa place dans les salons... En réalité, il avait abandonné trop tard ses préjugés, trop longtemps refusé de vivre aux dépens d'une femme qu'il aimât, par manque de simplicité peut-être mais surtout par crainte que cette femme en manquât elle-même ; comme il s'était refusé de vivre aux crochets d'une femme qu'il n'eût pas aimée. Et là, c'était vraiment par manque d'énergie devant la longue obligation, sans halte ni repos, qu'eût été son existence.

— Mon Dieu ! criait une autre voix, dehors. Une voix en train de muer, à moins que ce ne fût la peur ?... mais une voix asexuée dans son effroi : — mon Dieu ! Ils reviennent !... Ils reviennent !... Il y en a plein !... cria-t-elle encore avant de se taire.

Et un silence total s'étala sur la route, tout à coup. Un silence de théâtre. Bien entendu, ce fut Diane qui le rompit.

— Qu'il fait chaud ! marmonnait-elle de son tapis. Vous êtes sûrs que...

— Taisez-vous, chuchota Loïc, bêtement. Comme si un pilote eût pu les entendre et les viser. Mais il venait de discerner, là-haut, ce bourdonnement qu'ils avaient déjà subi deux, trois fois dans la journée, ce bourdonnement d'abeille si répugnant, si faible au début et qui s'obstinait, trois, quatre secondes à ne pas grandir. Pour que l'on s'y habitue, peut-être, à cette abeille, pour qu'on l'oublie, pour que l'on ne s'en méfie plus... Ce bourdonnement qui, tout à coup, ramassant sa férocité et sa force, se précipitait dans l'air comme si l'avion, cassant ses amarres et ses liens, se fût décloué du ciel. Ce bruit qui s'enflait, gigantesque, obscène, remplissant toute la nature autour d'eux, tout ce vide, tout ce silence... Ce bourdonnement que l'on voyait grandir dans les yeux de son voisin et aussi flétrir, arracher l'herbe verte près de son visage... ce bourdonnement qui, devenu clameur sauvage, démesurée, apocalyptique... collait un peu plus à la terre, y enfonçait même les corps étriqués et misérables, les corps des humains : ces paquets de peau bourrés de chair, de sang et de nerfs noyés d'eau, ces paquets supposés penser et ressentir et qui, là, ne pensaient rien, ne ressentaient rien et n'étaient rien qu'un vide horrifié, comme avaient dû l'être des siècles auparavant leurs ancêtres sous ce même soleil, soleil qui devait passer du rire devant les prétentions de ces humains en temps de paix à la nausée devant leur peur de mourir.

Quelque chose prit la voiture de côté, la secoua, la renversa, la reposa sur le flanc, entraînant avec elle, obséquieux et dociles, ses passagers qui, tout à leurs cabrioles, échangèrent bien deux ou trois horions en se croisant mais sans un cri. Car le seul mot dont on eût pu habiller leur pensée était, silencieusement hurlée, l'interjection : « Non ! » Un « Non ! » sans précision, sans destinataire, sans reproche et presque sans surprise, sans rancune non plus, un « Non » qui était l'unique fruit des milliards de cellules, des milliards de circonvolutions de leurs quatre cerveaux.

Le bruit disparut vite, plus vite qu'il était venu, comme fait la douleur, en général. Les Stukas venus à six n'avaient jamais volé si bas ni été si féroces. Mitrailler des civils sans armes tout au long des routes était bien un de ces actes promis par le nazisme et que le Quai d'Orsay redoutait depuis de longues et cachottières années. Loïc haïssait ce qui arrivait, il haïssait cette guerre qui allait si vite, qui allait si mal. Il aurait peut-être dû rester à Paris, essayer de résister... A quoi ?... Comment ?... A son âge ? Il y aurait encore des salons, bien entendu. Il y aurait toujours des salons à Paris. Mais il n'était pas sûr de s'y amuser.

Là, il ne s'agissait pas de résister mais de survivre. Et tout en donnant un coup de pied involontaire dans l'estomac de Luce qu'un élan fougueux projetait vers lui, tout en arrachant sa tête aux mains de Diane qui se cramponnait à ses cheveux pour la deuxième fois, tout en attrapant avant il ne savait qui, de ses deux mains, le dos d'un fauteuil pour se retenir, Loïc reconnut soudain le tac-à-tac-à-tac de machine à écrire, le tac-à-tac-à-tac qui durant leurs évolutions martelait l'espace et le temps, et il cria : « Diane ! Luce ! » d'une voix aiguë. Car ce tac-à-tac-à-tac était celui d'une mitrailleuse. Il aurait peut-être dû s'en inquiéter plus tôt (et elle ne chômait pas).

Puis un enfant hurla quelque part et le silence revint, tendu et vibrant... Le premier réflexe de Loïc fut de sortir de cette boîte maudite, de ce piège de fer et de cuir où il avait failli mourir. Il trouva à tâtons quelque chose qui ressemblait à une poignée, la secoua et sentit s'ouvrir la portière, de son côté. Il se glissait déjà dehors quand un réflexe chrétien le fit se retourner vers Luce, vivante, indubitablement, puisqu'elle le suivait, l'air pour une fois décidé.

La voiture gisant sur le flanc, plus haute que d'habitude, il escalada les sièges et se laissa choir dehors, où il se retrouva assis sur le macadam et adossé à un coussin secourable. Luce qui, elle, s'était débrouillée pour arriver debout, aperçut de ce fait derrière Loïc un spectacle dont elle se détourna aussitôt, la main sur la bouche. Loïc, suivant son regard, se retourna et découvrit alors que ce bon coussin était le corps de Jean, le chauffeur, ce pauvre Jean qui encore dix minutes plus tôt leur passait ce panier de pique-nique. Dans un sursaut il se mit debout, s'éloigna de cet appui funèbre et, tandis que le cadavre se penchait lentement, cédait à son poids et s'écroulait à terre, le visage sur la route, Loïc, relevé et livide de dégoût, s'époussetait à grands gestes. « C'est l'horreur ! » se dit-il enfin. « Je *vis* un moment d'horreur, de cette vraie horreur que je ne connaissais pas. Et si l'on me parle d'horreur, à l'avenir, c'est à cette minute-là que, normalement, je devrais penser. » Mais il ne réagissait pas comme il l'aurait dû et se sentait moins horrifié que gêné, balourd et confus d'avoir retiré son épaule à ce pauvre mort et provoqué son lugubre, misérable et obscène étalement. Ses yeux, en même temps, faisaient avec froideur — et il se le reprochait aussi — le tour de la scène, repéraient les tracés parallèles, étroits et sautillants des balles de mitrailleuses qui, de l'avion, avaient haché selon une géométrie minutieuse le bord du fossé et la route, évité la voiture des vieillards mais entamé l'aile droite, la capote et l'arrière gauche de la Chenard et Walcker et enfin traversé la chaussée vers une destination inconnue en cinglant le macadam, non sans tuer au passage Jean, placé par hasard sur leur trajectoire. (Un hasard pas plus imbécile que tous ceux de la fatalité mais auquel la cruauté de la guerre et l'idée que « cela » avait été fait exprès, par un sadique anonyme de Munich ou d'ailleurs, donnait une imbécillité et une indécence plus outrées encore.)

— Jean ! Pauvre Jean ! disait Luce, et elle s'agenouillait près du cadavre avec cette aisance que gardent les femmes devant les blessés et les morts, au contraire des hommes qui, comme Loïc, s'en écartent instinctivement.

— Mais qu'est-ce qui se passe ? cria Diane qui apparaissait devant la voiture comme une seconde et menaçante attaque et qui, malgré la vue de Luce penchée sur le cadavre de Jean, enchaîna sur un ton agacé :

— Me dira-t-on ce qui s'est passé ? — comme si les faits n'étaient pas suffisants et qu'il lui fallait, malgré l'évidence aveuglante de cette scène, quelques considérations mondaines ou quelques commentaires, lesquels — et ça, Loïc le comprenait fort bien — l'auraient renseignée bien mieux que toute réalité et encore plus rassurée.

— Bon Dieu ! Quelle saloperie, ces Stukas ! disait Bruno qui, arrivé de l'autre côté, regardait Luce agenouillée sans oser s'en approcher, gêné comme Loïc, sans doute, par ce mort. Et l'idée d'avoir fût-ce un réflexe en commun avec ce type accabla Loïc un instant.

— Luce ! Voyons ! Relevez-vous ! Vous voyez bien qu'il n'y a plus rien à espérer... Qu'allons-nous faire de lui, maintenant ?

— On ne peut pas le laisser là, surtout avec toutes ces fourmis ! gémit Luce.

Diane interrogeait le ciel, le prenant à témoin des imprévisibles embarras imposés par un chauffeur installé ailleurs que sur sa banquette et derrière son volant.

— Qu'allons-nous faire de nous ? soupira-t-elle après un instant de convenance.

— Faire de nous ?... dit Bruno. Mais je sais conduire !

Et comme pour le prouver il donna un coup de pied, en vieux connaisseur, dans le pneu le plus proche. Mais à peine fut-il au volant que la Chenard et Walcker jeta dans l'air quelques détonations, en même temps qu'une épaisse fumée.

Loïc se penchait vers la voiture lorsqu'une voix

venue de haut, traînante et calme, réveilla tout le monde.

— Il va pas aller loin, votre engin.

C'était le propriétaire d'une charrette, tirée par deux percherons, dont la trajectoire traversait la route perpendiculairement et qui tentait de se frayer un chemin entre la voiture des vieillards et le tas de ferraille qui avait été, en son temps, une Chenard et Walcker, (une Chenard et Walcker qui avait même représenté la marque à Deauville, en 1939, l'été précédent, au Grand Prix de l'Elégance Sportive. Grand Prix remporté haut la main par Madame André Ader, nommée Luce par ses intimes, comme l'avaient imprimé à l'époque *La gazette de Haute-Normandie* et *Le Figaro*).

— Vous nous voyez dans un joli pétrin, Monsieur, en effet, dit Diane avec bonhomie et une certaine bienveillance car quelques films sur les Chouans l'avaient acquise à la paysannerie. Elle appréciait beaucoup les clochards à qui elle vouait une compassion égayée par leur pittoresque, par la curiosité de ce qui avait pu les mener là, et un respect immense pour leur détachement des biens de ce monde. Elle proclamait de surcroît la plus grande estime pour l'ouvrier, l'artisan, les professions libérales, le commerçant, le cultivateur, le fonctionnaire, le capitaine d'industrie et ses assistants, le militaire et les gradés, les portiers, etc. N'ayant enfin rien contre les concierges — souvent affables — Diane, en revanche, n'éprouvait que mépris et répulsion pour le Français moyen, surtout quand celui-ci groupait assez de ses semblables pour former « une foule ». Une foule si différente du peuple que Diane vénérait distraitement comme certains instruments simplistes et rustiques du Moyen Age : un peuple qui s'installait le soir avec dignité devant son âtre, tandis que la foule, elle, toujours excitée, défilait sur les boulevards.

L'expression du paysan était passée de la stupeur à la répugnance, puis à la sérénité mêlée de quelque dédain pour ce désordre. Une expression qui ne se modifia qu'à la découverte du cadavre au bord de la route et qui, plus que l'horreur, indiqua plutôt une sorte de confiance, de réconfort, comme s'il se trouvait enfin un point commun avec ce troupeau d'inconnus.

CHAPITRE II

Ce personnage bucolique était de taille moyenne, les cheveux et les yeux châtains, avec un visage mince et typiquement français, le nez décidé et charnu sur une bouche nette aux coins relevés. Son corps, mince et musclé au gré des travaux paysans, montrait un torse vigoureux sur des hanches étroites, un torse hâlé sur le bronzage duquel se découpait un maillot de corps parfaitement blanc.

Loïc, qui appréciait surtout chez les hommes la virilité, vit au premier coup d'œil que ce type était dangereux, notamment pour certaines femmes à la sensualité éveillée ou avertie mais dont, sûrement, Luce ne faisait pas partie. Les trois ans qu'il lui avait fallu, solitaire, jolie et courtisée, pour choisir un amant et comme tel ce beau, brutal et banal Bruno, ne laissaient pas espérer grand-chose à son sujet. Ce qui valait mieux, d'ailleurs. Ce n'était pas le moment de jouer Lady Chatterley, surtout avec Lord Ader-Chatterley qui les attendait en piaffant à Lisbonne depuis la veille, pour rejoindre l'Amérique.

Diane, dont le maquillage commençait à fondre au soleil, regardait sans les voir d'un air courroucé et sombre différentes fumées sortir de la Chenard et Walcker. Le paysan, qui était arrivé à passer entre la voiture d'une famille nombreuse — dont le géniteur avait reculé — et les débris de la limousine, était maintenant tout près d'eux.

— Ça, pour fumer, ça fume ! dit-il du haut de sa carriole en tirant une cigarette de sa poche. Qu'est-ce qui lui est arrivé ?

Diane, toujours sensible aux nouveaux visages, tenta de lui répondre :

— Elle a reçu beaucoup de balles d'un avion... énormément de balles... L'une d'elles a dû atteindre un endroit sensible... enfin, une des parties vitales de son mécanisme. En plus, l'eau a fui. Ajoutez à cela que c'était un prototype, un des premiers numéros de la série, et qu'il n'y avait que le pauvre Jean qui sache l'arranger.

Elle avait désigné au passage le corps du dit Jean et le paysan hocha la tête d'un air compatissant, ce qui était gentil. En voilà un, au moins, qui avait l'esprit pratique, au contraire de cet imbécile de

Bruno ! Qu'est-ce qu'il faisait, celui-là, penché sur le volant, à secouer les manettes dans tous les sens ? Il était bien temps de secouer des manettes ! Vraiment ! On ne pouvait pas compter sur Bruno et encore moins sur Loïc qui, elle s'en rendait bien compte, faisait des yeux frits à cet agriculteur. C'était complet ! Ah oui, complet !

Loïc, en réalité, cherchait dans sa mémoire à quelle scène lui faisaient penser leurs diverses attitudes. Il finit par trouver : Racine, et Phèdre, et dans *Phèdre* le récit de Théramène : « Il était sur son char... » C'est moi, Théramène, se dit-il. Luce est la belle Phèdre, Diane joue la méchante Œnone, pendant que le sévère Thésée nous attend à Lisbonne. Mais quel rôle donner à ce pauvre Bruno ? Esthétiquement ce serait lui, Hippolyte, mais, dans la circonstance et avec son char louvoyant entre les Stukas, Hippolyte ne peut être que ce paysan qui fuit les flots déchaînés du Destin.

— A quoi pensez-vous, Loïc ?

La voix d'Œnone-Diane lui parut courroucée et impatiente.

— Ce n'est pas le moment de rêver, mon cher. Qu'allons-nous faire avec ce pauvre Jean qui ne...

Elle recula devant les « qui ne peut plus nous conduire », « nous encombre », « ne nous sert plus à rien », lesquels lui venaient naturellement à l'esprit, et se décida pour :

— ... qui ne peut pas rester tout seul sur cette route!... Voyons! Enfin!...

Elle s'énervait.

— Enfin, il faut faire quelque chose! Et que fabrique-t-il, l'autre idiot, là-bas, à tripoter cette voiture? Il veut la réparer, maintenant qu'elle flambe!...

— Pourquoi «l'autre idiot»? Serais-je le premier? demanda Loïc.

— Ah, il est bien temps de se vexer! reprit-elle sans le démentir. Et vous, Luce, vous avez une idée pour nous sortir de là?

Elle fit encore deux pas et se retourna brusquement vers la pauvre Luce ébahie.

— Après tout, c'est votre voiture qui nous a plantés là! lui lança-t-elle avec reproche.

— Je suis désolée mais elle marchait très bien avant, vous savez, dit Luce en reculant.

— C'était sa voiture mais ce n'était pas son avion, corrigea Loïc avec équité. Et puis, oublions cette ferraille, hein! Monsieur! S'il vous plaît! dit-il fermement au paysan pensif et presque distrait. — Monsieur, pourriez-vous prendre le corps de notre ami et le transporter...

Mais il fut coupé par Luce débordante de ferveur. Elle semblait prête à joindre les mains et à se mettre à genoux. Une vraie Pietà! songea Diane avec exaspération.

— Oh oui, Monsieur... Oui, n'y a-t-il pas une église, par ici, ou un hôpital ? Ne pourrait-on pas trouver une ambulance pour y transporter le pauvre Jean ?

— Et comment voulez-vous qu'elle arrive, votre ambulance ? (Diane fulminait.) En voltigeant ? Ou par les mers ? Et votre hôpital, qu'y faire ? Vous voyez bien qu'il est trop tard, pour l'hôpital ! Et l'église ? Est-il important d'aller chanter « De Profundis » dans les circonstances actuelles ? Ah non ! Vous n'êtes pas sérieuse, Luce ! Pas sérieuse du tout !

Tapant du pied au sens propre, elle se retourna vers le paysan comme vers le seul interlocuteur valable.

— Et la voiture ? On ne peut vraiment plus rien en faire ? demanda Luce, toujours innocente.

— Ah ça, la voiture, il ne faut plus y compter, dit le paysan.

Et, comme pour appuyer l'aspect définitif de ses propos, il lança de l'autre côté du chariot un long jet de salive brunâtre. Les deux femmes frémirent et baissèrent les yeux comme si sans prévenir il se fût mis complètement nu devant elles, à l'instar de Loïc qui se disait : « C'est curieux, malgré ses tics, ce garçon n'a rien de choquant. Il faut que je lui parle d'homme à homme », formule qu'il utilisait rarement. « Il faut que je sorte mes femmes de là. » Il se tourna vers ses deux compagnes de voyage et les vit épuisées, fripées, démaquillées, l'une caquetant et l'autre muette, mais deux loques. Et un sentiment de compassion, de protection, tout aussi nouveau, lui monta à la tête. « Heureusement que je suis là, se dit-il, avec Tarzan-Lhermitte elles ne risquent plus rien. »

— Dites-moi, Mesdames, lança-t-il sur le ton facétieux des temps anciens, des temps heureux où ils allaient d'un salon à un autre en buvant des cocktails et en brocardant un absent — ... allez voir ce beau jeune homme, dans la voiture, et dites-lui d'en descendre les bagages : ce sera déjà une bonne chose de faite. Moi, il faut que je parle à notre nouveau camarade. Allez ! Allez !...

Et sans doute y avait-il quelque autorité dans sa voix puisqu'elles lui obéirent. Lui-même s'assit froidement sur le marchepied de la charrette, étonné de voir à quel point ses jambes le portaient bien.

— Dites-moi, mon vieux, vous n'allez pas me laisser seul avec ces deux pauvres femmes et ce type qui fait la tête ? Hein ? Il y a des moments trop durs dans la vie d'un homme, non, sans rire...

L'autre le regardait de ses yeux marron, jaunes, gris, une drôle de couleur en tout cas, et sourit brusquement. Il avait des dents épaisses, encore très blanches, à peine atteintes par le tabac.

— Je ne vais pas vous laisser dans ce pétrin, dit-il enfin. Surtout avec votre mort, là ! Ce n'est pas bien commode à cette heure-ci. Avec tout ça personne ne vous le prendra.

Il réfléchit un instant, recracha de l'autre côté et Loïc, frôlé de près, frémit à son tour.

— Bon ! Eh bien ce que je vais faire, je vais vous ramener à la maison. Et puis demain j'irai voir pour vous trouver une voiture. Ma mère s'arrangera pour coucher ces dames et pour les hommes, on verra... peut-être que vous dormirez dans la grange. Allez, youh !

Il souleva un peu les rênes et ses chevaux firent un pas en avant. Loïc recula, les mains en l'air :

— Eh, attendez ! Il faut que j'aille leur expliquer.

Ce malheureux paysan ne s'imaginait pas ce que c'était de prendre une décision avec Diane Lessing et Luce Ader, l'une si décidée et l'autre si peu qu'on pouvait se demander qui était la plus encombrante... sans oublier ce petit emmerdeur de Bruno. En tout cas, Loïc, lui, monterait avec ce paysan : c'était le seul être humain encore de bon sens aux alentours, pensa-t-il pendant que son regard se posait sur la file interminable de voitures, à l'horizon. Une ferme ! Une ferme avec de l'eau fraîche, du foin frais, une vraie ferme avec des chevaux, des chiens affectueux, cette odeur d'herbe verte et de terre qu'il n'avait pas respirée depuis l'enfance et qui n'était pas l'odeur de Deauville ni de Cannes.

Le paysan s'énervait un peu :

— Vous faites comme vous voulez, hein! Mais moi je n'ai pas trop de temps à gâcher. Il faut qu'on fasse les moissons avant que les Boches nous les flambent. Encore heureux qu'il ait fait chaud! Alors, si vous voulez venir, venez, mais tout de suite!

— On y va! On y va! Merci, hein, dit Loïc.

Et instinctivement il tendit la main, se présenta:

— Loïc Lhermitte.

— Maurice Henri.

Ils se serrèrent la main, gravement, et Loïc courut vers son harem qu'il trouva en pleine échauffourée car Bruno faisait la tête.

— Ecoutez, Diane, Luce: ce paysan propose de nous emmener et de nous coucher chez lui pour la nuit. Demain il ira nous chercher une voiture. Il n'y a que ça à faire, à mon avis.

— Aller coucher chez ce plouc! Nous retrouver dans le fumier jusqu'au cou? Non mais, vous êtes fou, mon bon Loïc! — Bruno avait le visage blanc, les dents serrées, il était furieux, la peur le saisissant à retardement. — Je ne suis pas snob, mais quand même! Vous ne connaissez pas les fermes françaises, vous, ça se voit!

Loïc eut un instant de vertige ou de colère. Sa vue se brouilla. Il avait envie de frapper ce gigolo trop bien rasé.

— Vous dites n'importe quoi, Bruno. D'abord, si, vous êtes snob! Ensuite, les fermes françaises vous ne les connaissez pas, pas plus que moi en tout cas. Nous n'avons que cette solution pour dormir ce soir ailleurs que sur la route. Alors, moi, j'irai! Quant à ce «plouc» qui nous offre un toit à tous les quatre, je le trouve personnellement bien gentil! Moi j'y vais! Et vous deux, les femmes?

— J'y vais aussi, dit Diane. Passer la nuit dans ce brouhaha, avec cette essence et ces gens qui peuvent nous dévaliser dès qu'il fera noir! Ah non, merci! Je vous suis, Loïc.

Et elle prit l'air courageux et résigné d'avance à la misère campagnarde. Luce jeta un coup d'œil à Bruno qui lui tourna le dos, puis vers Loïc, avant de dire à la stupeur générale:

— Faites comme vous voulez, Bruno, mais moi je ne veux pas laisser ce pauvre Jean par terre avec les fourmis. Je vais avec eux, c'est tout.

— Je suis obligé de vous suivre, vous le savez bien, siffla Bruno. Je ne peux pas vous laisser toute seule dans cette ferme, chez Dieu sait qui... mais vous me le paierez!

Il était sûrement soulagé, lui aussi, de pouvoir prétexter son devoir. Cette route était un cauchemar déjà le jour, alors la nuit... Avec un haussement d'épaules, Loïc prit la tête de leur petite caravane.

— N'oubliez pas les valises! lança-t-il à Bruno.

Il se sentait tout à coup un homme autoritaire et décidé, décidé, surtout, à ce que l'on respecte ses décisions. C'était, là encore, la première fois que ça lui arrivait. Depuis bien longtemps...

— Mais ne me demandez pas de dire quoi que ce soit ou de serrer la main à ce type ! cria Bruno dans leur dos. C'est hors de question !

— Ça, je m'en fous complètement ! dit Loïc.

Marchant à côté de lui, l'air docile, les deux femmes hochèrent la tête en silence l'une et l'autre comme pour l'approuver. Loïc devenait de plus en plus étonnant. De plus en plus amusant aussi, songeait Diane.

— Vous avez raison de vous presser, hein, parce que demain, à cette heure-ci, avec la chaleur, il sera pas frais votre copain, dit le paysan, confirmant par ces doux propos son invitation.

Les deux femmes frémirent, montèrent avec obéissance sur la carriole et s'assirent sur le seul banc près du conducteur. Jean fut étendu sur les ridelles, Bruno et Loïc dont les quatre pieds se balançaient dans le vide, ainsi que leur esprit, assurant la veillée funèbre.

Une heure plus tard ou deux, ou trois (la montre de Diane ayant expiré dans ces secousses) et comme leur cortège bucolique traversait une plaine semblable à un nombre incroyable d'autres mornes plaines par eux traversées, le paysan, bien calé contre Diane sur son flanc gauche et Luce sur son flanc droit, le paysan, brisant le silence des champs, arrêta le chariot et tendit son fouet vers l'horizon, toujours aussi vide, pour déclarer : « Nous voilà arrivés ! »

Rien. Il n'y avait rien devant son fouet qu'une terre fertile peut-être à l'usage mais déserte à l'œil.

— Eh bien, moi, je ne vois rien ! dit franchement Diane alors que Luce, toujours irresponsable et lâche, rencognée sur son banc, la tête dans les épaules, laissait échapper un petit cri de doute angoissé pendant que les deux hommes, à l'arrière, cessant de contempler la trace de leurs roues et se retournant vers l'avant, braquaient leurs yeux inquiets vers l'horizon aussi vide pour eux que pour leurs compagnes.

Pendant que tous les quatre, donc, échangeaient un regard soucieux et furtif, le paysan eut un rire bref.

— On ne la voit pas d'ici. On ne voit pas la ferme mais il y a une combe, là, derrière les arbres.

Irrité sans doute par leurs regards méfiants, il brandit derechef sa gaule vers le lointain, ce qui sembla comme par un effet d'optique y réveiller et en décrocher un ultime Stuka, jusque-là invisible et inaudible mais qui, insensible à leur aspect champêtre, leur piqua dessus.

— Ah non ! dit Diane, comme il leur apparaissait et grandissait à leurs yeux. Ah non ! Ce n'est pas vrai ! Ce n'est pas juste !

Et sa colère dépassant sa peur, elle leva le poing

vers le ciel tandis que le même vacarme et le même « tac-à-tac-à-tac » que tout à l'heure éclataient autour d'eux. Or, depuis qu'ils avaient quitté la route et pris à travers champs, Diane, juchée sur son banc, s'était laissée aller peu à peu à un sentiment fort éloigné du bonheur, bien sûr, mais pas de la sérénité. Et c'est avec une sorte d'horreur et de rancune qu'elle se vit arrachée au doux roulis de la charrette et jetée par un furieux mouvement latéral de droite à gauche et vice-versa.

Mais l'homme étant le seul animal qui s'habitue à tout, Diane, pendant que le ciel et la terre changeaient de place et que ses tympans éclataient, Diane pouvait établir quelques distinguos dans le fracas et l'abomination de ce qu'ils supportaient. Elle reconnut le cri d'une voix mâle, celle du paysan, ainsi que les glapissements nouveaux de Luce, suivis presque aussitôt, au milieu de cette apocalypse, du hennissement désespéré, furieux et stupéfait, des chevaux préservés sans doute jusque-là des échos de la guerre.

Et cet enfer s'éloignait à peine d'eux que l'esprit de Diane, apparemment intact, triait tous ces vacarmes et lui certifiait que le paysan venait d'être blessé et avait laissé emballer ses chevaux. L'élan furieux qui la jeta d'abord à droite vers les autres, c'est-à-dire vers le conducteur affalé et sanglant sur Luce, et le non moins furieux élan qui la ramena ensuite dans son coin, c'est-à-dire vers la gauche et, faute d'obstacle, vers le vide, lui prouvèrent la justesse de ses calculs. Et le danger qui en découlait... car, tout aussitôt, elle basculait vers l'extérieur et voyait sous ses yeux exorbités la terre défiler avec une vitesse inconcevable, même pour une personne qui avait pourtant beaucoup voyagé en Bugatti. Diane se crut perdue.

C'est grâce à deux éléments tout à fait futiles qu'elle échappa à une mort originale, certes, mais déplaisante pour une femme de son rang : la chute d'une carriole. D'abord grâce à ses talons hauts qui, coincés dans le plancher mal joint, s'y plantèrent et retinrent ses deux chevilles de suivre le reste de son corps. Grâce ensuite à certains longs et ennuyeux massages, à certains mouvements de gymnastique non moins fastidieux, pratiqués sous tous les cieux par des milliers de femmes du monde, mais dont elle-même avait retiré, presque malgré elle et en tout cas sans le savoir, quelques protubérances émergeant d'autres surfaces plus flasques et qu'on pouvait sans flatterie qualifier aujourd'hui de muscles. Ces muscles lui permirent une sorte de tour de rein désespéré vers le haut, pendant lequel elle effleura le guidon du frein à main, un guidon rond en fer forgé grinçant qu'elle agrippa de toute la force de ses doigts et de son corps crispé. Peu de femmes, peu d'acrobates et peu d'athlètes auraient réussi ce que réussit ce jour-là Diane Lessing, sous un soleil de plomb et à l'improviste et, en plus, sans aucun spectateur. Car son public était au moment même emmêlé, enlacé, bousculé et secoué dans tous les azimuts, sans le moindre regard vers son héroïque conductrice...

Revenue dans le monde des vivants, c'est-à-dire au fond de la charrette, à moitié agenouillée et vibrant encore, Diane alors n'eut qu'une idée: «Je vis! Je revis ! Et c'est à moi que je le dois ! », idée qui ne l'avait jamais effleurée le moins du monde, Diane ayant, comme bien des gens riches, une idée passive, sur le plan physiologique, de son destin: ses accidents avaient été autant d'aléas dus à des incompétences extérieures, sa santé une possession que le sort tentait encore de lui prendre et ses capacités une possibilité perdue d'exploit sportif. Son corps n'avait jamais été pour elle qu'un souffre-douleur éventuel, bien plus qu'une source de plaisir.

Or là, brusquement, elle se devait la vie et, par une espèce de reconnaissance instinctive, décida de se la conserver. «C'était le moins qu'elle puisse faire!» pensait-elle avec un sombre orgueil. Et, tâtonnant de la main, toujours secouée comme un prunier mais fermement accrochée à la rambarde, elle finit par trouver les rênes flottantes dans les mains ouvertes et désarmées du paysan. Elle s'y cramponna et se redressa lentement sur la carriole.

Il y avait bien des années que le Tout-Paris disait — avec sarcasme ou effroi — Diane Lessing capable de tout. Ce même Tout-Paris n'aurait donc été étonné que par le décor de la démonstration en voyant Diane Lessing, les deux pieds fichés au fond d'une charrette, rejeter en arrière un profil qu'elle seule prétendait de camée et tirer les rênes de deux percherons déchaînés, non sans pousser des cris sauvages, incompréhensibles pour un être humain. Incompréhensibles sans doute aussi pour les animaux puisque, lorsque les chevaux s'arrêtèrent enfin, ils étaient tremblants, couverts de sueur, les yeux exorbités et l'écume aux lèvres — manifestation de la peur chez ces bêtes — mais ils avaient aussi les oreilles rabattues en avant et très écartées, signe flagrant, chez eux, de la curiosité. Quoi qu'il en soit, ils s'étaient arrêtés et Diane se retourna triomphalement vers ses compagnons aveugles et enlacés, soit à l'avant soit à l'arrière de la charrette, avant de se demander où était passé son sac.

Le paysan avait reçu une balle dans la cheville; après avoir proposé de lui faire un garrot avec son propre foulard, Diane préféra finalement, tant il saignait, celui de Luce : ledit foulard serait inévitablement perdu. Ainsi fut fait. Le paysan reprit ses esprits sur la poitrine et sous les larmes de Luce mais retomba en syncope dès les premiers cahots de la carriole. Au demeurant, ce garçon avait dit la vérité puisqu'après quelques kilomètres supplémentaires ses chevaux les amenèrent en effet au bord d'une combe, invisible à l'œil nu mais creusée dans un champ et au fond de laquelle était posée, entourée d'arbres, la ferme: une grande ferme en «L», d'aspect aussi nettement rustique qu'ils l'avaient tous plus ou moins craint.

CHAPITRE III

Après avoir considéré d'un œil terne ces bâtiments sans attraits, Diane remit leur véhicule en marche. Elle écarta les deux rênes l'une de l'autre l'air professionnel, claqua de la langue et cria : « Hou là !... Hou là !... Hou là là ! » ce qui, sans qu'il sût pourquoi, au lieu de l'amuser, agaça Loïc qui l'avait rejointe au banc des commandes.

— Ce n'est pas « Hou là ! Hou là là ! » marmonna-t-il malgré lui.

Diane, que les chevaux obéissants renforçaient dans son assurance, tourna vers lui un visage irrité :

— Ce n'est pas quoi ?

— Ce n'est pas « Hou là là ! Hou là là ! » qu'on dit aux chevaux... A vrai dire, cela n'a aucune importance, Diane, de toute façon. Regardez donc la route, plutôt, devant.

Hélas, il avait touché une corde, très nouvelle sans doute mais très sensible, dans l'orgueil de Diane.

— Ah bon ! Ce n'est pas « Hou là là ! » demanda-t-elle d'une voix étonnée et sarcastique qui rappela à Luce certaines de ses philippiques et lui fit jeter vers Loïc des yeux effrayés.

— Et c'est quoi, alors, s'il vous plaît, cher ami ?

Loïc, qui regrettait déjà sa remarque, se débattit :

— Je ne sais pas... Je ne sais pas précisément ! Moi, j'aurais plutôt dit : « Hue ! Hue ! Hue dia ! » Il sourit avec d'autant plus de gêne que le silence, à l'intérieur de cette combe, était deux fois plus sonore que là-haut, au ras des champs.

— Hue ? Hue dia ?... répéta Diane. Et elle fouillait des yeux les buissons alentour comme pour y interroger un dieu agricole caché dedans. — Hue dia ? répéta-t-elle d'un ton incrédule. Vous êtes sûr, mon cher Loïc ? C'est un souvenir personnel ou c'est le fruit de vos lectures ?

— Oh, laissons tomber ! dit-il en se détournant et en tentant de regagner sa place tranquille au bout de la charrette, près de Bruno, mais un cahot sur la route l'obligea à se cramponner au banc.

— Voulez-vous prendre les rênes ? Vous auriez peut-être dû le faire tout à l'heure, quand les bêtes avaient le mors au dent et nous menaient au galop vers quelque autre catastrophe ! Votre « Hue dia ! » les aurait sûrement arrêtées ! C'est idiot que dans mon ignorance je n'aie pas su plus tôt ce terme, cela m'aurait évité de me battre avec ces choses-là ! (Diane indiquait les rênes dans ses mains.) Et de m'y casser deux ongles en criant Hou là là. Remarquez, ces bêtes, courtoises, ont fait semblant de reconnaître mon langage... La preuve : regardez-les, toutes tranquilles ! Mais je veux bien essayer votre « Hue dia ! » si vous voulez, Loïc, si c'est leur vrai dialecte !...

— Vraiment Diane, dit Loïc, épuisé — et agacé aussi car le profil de Bruno accusait une joie perfide à l'écoute de leur dialogue —, vraiment, ce n'est pas la peine !

— C'est toujours la peine de s'instruire ! N'est-ce pas, vous deux ? cria-t-elle à ses fidèles percherons. On va essayer ! Allez !... Hue dia ! Hue dia ! Hue dia ! lança-t-elle avec dérision mais d'une voix de stentor qui provoqua chez ces bêtes peut-être polyglottes une accélération machinale, à moins que la proximité de leur écurie n'eût déjà redoublé leur énergie. Et c'est avec un Loïc plus inquiet que triomphant qu'ils entrèrent dans la cour de la ferme au petit galop.

— Ho !... Ho là !... Ho là ! Ho !

Les mânes de quelques aïeux gentlemen-farmers leur soufflant le même mot pour freiner les bêtes, ils arrivèrent à les arrêter en même temps que leur discussion.

Les bâtiments formaient donc un « L », la première partie étant d'habitation, la seconde abritant les locaux de la ferme proprement dite. Une joyeuse animation régnait de ce côté-là. La machine à moissonner y était plantée, baroque et de guingois, comme un animal préhistorique. Des oies y caquetaient, plus ou moins menaçantes, et piétinaient la boue de leurs grands pieds plats, tandis que des rugissements ou des vagissements divers rappelaient quelque chose à leurs âmes d'enfants. Cette agitation animale, près de cette maison silencieuse et sinistre dont les volets demi clos ne laissaient filtrer ni voix ni bruit, était inquiétante, comme la grande porte de bois au loquet cassé et les fenêtres masquées par des rideaux à trous.

— C'est l'Auberge des Adrets, ici ! dit Loïc en la regardant, ses yeux de Chinois étirés par la curiosité et l'amusement, comme d'habitude.

« Ah c'est là, pensa Diane, un singulier protecteur dans un monde aussi arriéré et déconcertant que celui-ci. » Quant à Bruno, il se bornait à tirer de sa valise un chandail beige au col roulé qu'il enfilait, le visage fermé. Il commençait à faire un peu plus froid, en effet. Le soleil s'abaissait jusqu'à toucher les champs gris et éteints, ces champs interminables, là-haut.

— L'auberge des Adrets ? demanda Luce. Mais où

est-elle, cette auberge ? Il faut absolument que je me remaquille.

— Bientôt, Luce, mais pas aux Adrets. C'était une célèbre auberge où l'on tuait les clients, après dîner.

— Il ne manquerait plus que ça ! cria Diane, excédée. Vous ne trouvez pas que nous avons eu assez de péripéties pour la journée ? Il faudrait être, en plus, égorgés pendant la nuit par des paysans ! Merci ! Vraiment, merci !

— Car vous comptez coucher ici ?

C'était Bruno qui se retournait vers eux, l'air dégoûté.

— Et où voulez-vous coucher ? Loïc, adossé à la carriole, les mains dans les poches, sa veste de toile froissée et sa cravate pendant au bout de sa chemise, avait tout à coup un air viril qui lui allait très bien.

Il y eut une seconde d'hésitation où tous se regardèrent et virent enfin le garçon allongé pratiquement sur Luce et qui continuait à saigner. Le foulard était trempé, à présent. « Complètement perdu ! » songea Diane, assez fière de sa prévoyance.

— Mais enfin, ce n'est pas croyable ! dit-elle. Ce garçon n'a personne pour lui faire la cuisine ou la conversation ? Et nous, qu'allons-nous devenir, à présent ? Nous avions déjà un mort, maintenant nous voilà avec un blessé, en plus !...

Elle était partie dans un douloureux et rancunier récitatif lorsqu'elle fut interrompue par l'arrivée d'une femme maigre, vêtue de noir, au visage austère et figé, qui, après les avoir regardés sans surprise apparente, escalada le marchepied de la carriole et, saisissant à bras-le-corps le paysan à demi conscient, commença à le tirer vers l'extérieur. Loïc et Diane, machinalement, se précipitèrent et l'aidèrent à descendre le garçon évanoui. Ils le prirent même, Loïc par les épaules et Diane par les pieds, pour le transporter dans la maison, suivant en cela les gestes impérieux de la femme en noir. Mais après deux pas Diane s'arrêta, chancelante.

— Je ne peux pas ! Je ne peux vraiment plus, Loïc ! Je vais m'écrouler ! Je ne peux pas porter ce garçon, je ne peux rien faire ! Je suis claquée, que voulez-vous !... Il y a des moments, dans la vie...

Et, laissant tomber froidement les pieds du garçon sur le sol, elle alla s'asseoir à son tour sur le marchepied pour y vider son cœur.

— Je ne sais pas si vous vous rendez compte, Loïc, mais depuis ce matin nous avons été mitraillés trois ou quatre fois, notre chauffeur a été tué sous nos yeux, notre voiture démolie et flambée, notre hôte a eu la cheville transpercée par une balle, ses chevaux se sont emballés et c'est un miracle que j'ai pu les dompter... et maintenant nous voilà dans un bâtiment rustique à demander asile à une femme qui ne parle pas un mot de français ! J'ai beau avoir un caractère d'acier, je vous l'avoue, Loïc, il commence à plier...

— Vous avez tout à fait raison, Diane, mais enfin on ne peut pas laisser ce garçon par terre ! Il faut quand même faire quelque chose.

Diane se retourna comme un serpent vers Bruno qui, impavide, continuait à essayer des chandails — à deux pas, en plus, du pauvre Jean.

— Bruno ! cria-t-elle d'une voix stridente, Bruno ! venez nous aider !

— Je vous ai prévenus déjà que je ne ferais rien pour ces ploucs !

Après un silence trop marqué pour être inoffensif, Diane jeta sa voix dans l'air comme une trompette, comme un clairon, en tout cas comme un instrument guerrier :

— Je vous préviens, mon cher Bruno : si vous n'aidez pas Loïc illico, je raconterai à notre retour à Paris — ou à New York — à toute la société l'histoire de votre chèque : votre fameux chèque... le chèque de cette Américaine, vous savez...

Bruno fit deux pas en avant. Il était devenu pâle, sa voix avait mué et retrouvé les tonalités aiguës de l'adolescence.

— Vous ne feriez pas ça, voyons, Diane ? Vous-même seriez ridicule !

— A mon âge le ridicule ne tue pas, mon ami... il attendrit. C'est au vôtre qu'il tue. Vous seriez fichu !

Vous seriez au ban de toute la société! Je m'en chargerai moi-même... personnellement! Croyez-moi!

Sans plus discuter Bruno s'avança, prit par les jambes le paysan et, avec Loïc, le souleva pour le rentrer dans la maison. Ils se trouvèrent dans une grande pièce sombre où ils ne virent d'abord rien, sauf la femme qui, d'un geste impatient, leur indiquait, aménagée dans le mur, une alcôve munie de vieilles couvertures. Ils y installèrent le blessé avant de repartir vers la porte. Ils n'avaient eu le temps de voir dans cette salle que les lueurs d'un grand feu malgré la chaleur torride de l'extérieur. La pièce était visiblement ce que Diane aurait appelé le « living-room » si ce mot anglais et à la mode avait pu sans comique y flotter, même un instant. Au demeurant, ni l'un ni l'autre n'avait fait attention au décor : Bruno par refus délibéré et Loïc par distraction, tant il était excité, déjà, par cette histoire du chèque américain. Il ne serait tranquille — le mondain réapparaissant en lui — que lorsque Diane lui aurait tout raconté.

Ayant repris des forces, celle-ci pénétrait d'ailleurs de son pas de commandement dans la pièce. Elle s'arrêta sur le sol en tendant le cou comme un héron, ses yeux roulant comiquement dans son visage. Avec son tailleur fripé, ses traits défaits et ses cheveux décoiffés, elle avait l'air d'une antiquaire qui eût passé l'après-midi à chercher en vain quelques meubles ou d'une dame de charité qui eût passé elle aussi l'après-midi à chercher en vain quelques pauvres. La distinguée, l'élégante Diane Lessing avait tout à coup l'air d'une commerçante grognon, songea Loïc. Et par miracle elle découvrit enfin un sens à leur voyage. Dressée sur ses ergots, les yeux brillants d'une excitation que ne lui avait arrachée aucun des moments forts de cette journée, elle se cramponna au bras de Loïc et lui dit d'une voix impérieuse et néanmoins chuchotante :

— Regardez, Loïc, cette table ! C'est exactement ce que je cherchais pour Zizi Maple. Et cette huche à pain ! Quel chic ! Quant à cette pendule elle est simplement ad-mi-ra-ble ! Vous croyez qu'ils nous la vendraient ? Quel dommage ces beaux meubles dont personne ne profite ! Ah, cette pendule, j'en suis folle !

— Vous ne pouvez pas emporter cette pendule aux U.S.A., dit Loïc, pratique pour une fois. Peut-être vaudrait-il mieux attendre la fin de la guerre...

— Ce que c'est tranquille, ici ! Moi je trouve qu'on y est très bien, dit Luce. J'ai eu une de ces peurs tout à l'heure ! J'ai eu tout le temps une de ces peurs, aujourd'hui !

— Les chevaux aussi, fit remarquer Diane. Je ne sais pas comment j'ai pu les arrêter... sincèrement !

— Oh, Diane ! Vous avez été formidable ! dit Luce avec un vrai enthousiasme qui fit se rengorger Diane.

Loïc lui sourit.

— Je n'ai rien vu, hélas ! J'étais cramponné à je ne sais quel barreau, à moitié éjecté de cette charrette, et je gigotais comme un crétin pour y remonter. Tout comme Bruno. Hein, Bruno ?

Mais Bruno, qui regardait la pièce avec mépris, haussa les épaules sans répondre.

— Quelle est cette histoire de chèque américain ? demanda Loïc dans un souffle à Diane qui chuchota en retour :

— Je vous la raconterai un de ces jours... si vous êtes gentil ! Occupons-nous d'abord de nos hôtes.

Et elle marcha de son pas ferme vers l'alcôve où la femme, assise près de son fils, lui mettait sur le pied d'étranges compresses à base de terre, semblait-il, et de gaze noirâtre.

— Il va mieux ? Quelle horreur, cette blessure ! Vous savez que ce cher garçon a pris ça en nous sauvant ?

Puis, comme la fermière ne bougeait pas et ne la regardait pas, Diane décida d'ouvrir le feu.

— Je m'appelle Diane Lessing, dit-elle en tendant la main juste sous le nez de l'autre qui, surprise, la lui serra.

— ... et voici Loïc Lhermitte, Luce Ader et Bruno Delors. Nous sommes désolés de vous envahir ainsi, chère Madame ! Nous sommes désolés ! Mais — elle désigna Maurice — sans lui, nous serions morts !

Comme ce pauvre Jean... ajouta-t-elle. — Mon Dieu ! s'écria-t-elle en se dressant sur la pointe des pieds et en battant l'air de ses bras, Mon Dieu ! nous l'avions oublié ! Il est toujours sur la charrette ?

— Il n'y risque rien, il me semble, dit Bruno sèchement tout en serrant à contrecœur, mais comme chacun, la main de la femme qui, visiblement déroutée, se laissait faire sans intérêt apparent mais sans hostilité non plus.

— Moi, c'est Arlette, dit-elle. Arlette Henri. Et ça, c'est mon fils, Maurice. Et là-bas, c'est le pépé, dit la femme en montrant de la main un fauteuil près du feu vers lequel chacun se retourna sans arriver à rien y voir d'autre qu'une vieille couverture.

— Ces messieurs-dames ont-ils soif ? demanda Arlette (à qui ce prénom de fille légère allait aussi mal que possible, avec son visage à la Memling, songea Diane). Car les visages austères étaient toujours des Memling, dans son monde, de même que Botticelli désignait les jolies femmes, Bosch les scènes d'horreur, Breughel les banquets et la neige, Renoir les femmes dodues, Modigliani les maigres et Van Gogh la géniale et malheureuse rencontre d'une oreille, d'un pont et d'une chaise...

Les quatre voyageurs opinèrent avec vigueur. Depuis quelques heures, malgré les émotions et le soleil — aussi intenses les unes que l'autre — ils n'avaient rien bu.

— Je boirais bien une petite chopine de n'importe quoi.

Diane avait décidé d'adopter un langage à la hauteur des circonstances, comme le remarqua Loïc avec effroi.

— J'ai du Pastis et de la prune du pays, et du vin rouge bien sûr, dit Arlette sans entrain. — Et elle tira du buffet quelques verres et trois bouteilles sans étiquette.

— Vous n'avez rien sans alcool ? minauda Diane. Avec cette chaleur !... Eh bien, tant pis ! après ces émotions je crois que je vais goûter la prune du pays, c'est bien ce qui doit être le plus sain...

— Moi, je goûterai le vin rouge, avec un petit peu d'eau, s'il vous plaît, dit Loïc. Et il fit signe à Luce de l'imiter.

— Petites natures, hein !

Diane riait. Elle leva son verre, haussa les sourcils devant l'exiguïté de son contenu et, avec un rire condescendant, avala d'un coup la fameuse prune du pays. L'instant d'après, elle toussait, crachait et, titubant sur les talons carrés de ses chaussures de sport, faisait rapidement le tour de la table, les deux bras tendus devant elle et les yeux clos comme une voyante inspirée. Loïc l'intercepta au moment où, ayant terminé son premier tour de table, elle entamait le second et la fit rasseoir de force.

— C'est un peu fort, concéda Arlette.

Pendant que la toux de Diane s'apaisait, Loïc prit des nouvelles du blessé.

— Comment faites-vous pour le soigner ? Vous avez appelé un docteur ?

— Il n'y a point le téléphone, ici. Je lui ai mis un peu de prune pour désinfecter et de la teinture d'iode, et puis une toile d'araignée avec de la terre de Pirée : j'en ai toujours de côté, dans la maison. La balle n'a pas touché l'os et n'est pas restée dedans, alors...

— Des toiles d'araignée ? De vraies araignées ?

Luce semblait sincèrement inquiète pour son hôte. Bruno, énervé, alluma une cigarette et en rejeta la fumée avec les gestes d'Al Capone.

— Et ça nettoie ? insista Luce, surprise.

— Il est bien vivant, non ? constata la mère avec une logique excédée. Et pourtant, celui-là, je peux vous dire, depuis qu'il est petit il a passé son temps à tomber et s'abîmer sur tout ce qui coupe ! Regardez ce qu'il n'a pas fait aujourd'hui ! Avec les moissons ! C'est bien le moment ! Vous vous rendez compte ? Avec les moissons !...

Diane qui, ayant séché ses yeux, mouché son nez et repris son souffle, se penchait sous la table pour récupérer son sac, releva brusquement la tête vers la maîtresse de maison :

— Mon Dieu ! Arlette, il vient d'entrer une poule chez vous ! Regardez !...

Et, en effet, une volaille surgissait de sous la table,

traversait même la pièce à petits pas. Mais Arlette-Memling lança un regard atone à Diane, sans broncher davantage lorsque deux autres volatiles, très affairés, arrivèrent de la pièce d'à côté en caquetant. Le visage de Diane perdit son expression solidaire pour se faire réprobatrice :

— Nous sommes descendus chez les Cro-Magnon, je crois, dit-elle à Loïc.

Celui-ci, à peine remis de son envie de rire précédente, lutta contre celle qui le menaçait à présent. D'autant que Luce regardait les poules d'un air intéressé ; les réactions contradictoires de Diane et d'Arlette avaient dû troubler son grand calme intérieur et elle devait peser le pour et le contre à propos de ces volailles. Peut-être même voulait-elle se forger, quant à l'opportunité de leur présence, une opinion personnelle, songea Loïc. Une boule montait et reculait dans sa gorge, l'obligeant à se laisser aller en arrière, les yeux plissés et fuyants, la voix étouffée.

— Je vais vous donner de la soupe, du fromage, dit Arlette. Et peut-être des œufs. Si elles ont pondu, les garces !... ajouta-t-elle à la surprise générale.

Les Parisiens la dévisagèrent avec la même stupeur navrée que leur aurait inspirée le Président du Conseil en qualifiant d'« andouilles » ses propres ministres. Et les trois montrèrent les yeux baissés, les visages impassibles qui suivent gaffe ou impropriété dans une conversation. Cela acheva Loïc. Il était en transe, à présent, la tête basse, les mains cramponnées aux barreaux de sa chaise ; il semblait sur le point d'en jaillir pour un cent mètres alors qu'il cherchait à n'en pas tomber.

— Il y a longtemps que je n'ai pas mangé de soupe, remarqua Luce avec une sorte de mélancolie, inattendue elle aussi, que Diane apaisa :

— C'est exactement ce que nous appelons, mais en moins velouté peut-être, un potage ! dit-elle, rassurante.

Là, Loïc sortit de la pièce à petits pas, le dos courbé, en marmonnant des excuses inaudibles.

— Ce sont les nerfs !... Une réaction tardive !... Qu'est-ce qui lui prend ?... L'air frais lui fera du bien... la solitude...

Cette dernière prévision était la seule fausse car Loïc découvrit sur la charrette le cadavre du pauvre Jean qu'ils avaient oublié, ce qui, à sa honte, n'arrêta pas immédiatement son rire. Il revint, enfin calmé, dans la salle :

— Vous avez oublié ce pauvre Jean sur la charrette !...

Des cris d'indignation et de remords jaillirent des deux femmes qui se levèrent, mues par le devoir, et se rassirent aussitôt, ne sachant comment l'accomplir.

— Faut le mettre à la cave, dit la voix du blessé qui se réveillait. Ma mère va vous montrer le chemin.

— Je vais avec elle pour tenir les chevaux. — Son rôle de dresseur avait responsabilisé Diane.

— Pas besoin, ils sont doux comme des agneaux, dit le Memling en se dirigeant vers la porte, l'air lassé, suivie par Loïc.

Bruno profita de l'absence de celui-ci pour sermonner Luce :

— Vous ne croyez pas, ma chère amie, que nous ferions mieux de rallier une agglomération quelconque, d'y trouver un télégraphe pour prévenir votre époux et un moyen de transport pour le rejoindre ?

— Ce serait une bonne idée, répondit Diane avant même que Luce n'ouvrît la bouche. Ce serait une très bonne idée que VOUS y alliez ! Vous êtes un homme, non ? Nous, nous sommes trop fatiguées.

— Je parlais à Luce !

— Et moi je réponds pour Luce.

Ils s'affrontaient du regard.

— Si on ne connaît personne d'autre par ici, dit Luce avec fermeté pour une fois, on ne va pas partir à pied dans le noir. Et moi, je suis trop fatiguée pour refaire de la carriole.

Elle avait un air effrayé et plaintif qui rassura son amant et agaça Diane un peu plus.

— Vivement la soupe ! dit celle-ci. Et après, au lit !

— Nous aurons droit à la grange, j'imagine, Loïc et moi.

— N'en profitez pas pour dévergonder Loïc,

Bruno, dit Diane avec un esprit que personne n'apprécia.

Déjà Loïc et Arlette revenaient sans paraître autrement affectés et Loïc repartit avec trois bougies offertes majestueusement par la maîtresse de maison, afin que le pauvre mort eût quelque lumière.

— Je ferai la première veillée, dit Luce avec émotion.

Mais sitôt avalés la soupe, un fromage et un œuf, elle tituba avec Diane jusqu'à une chambre vide où trônait un grand lit. Elles eurent à peine le temps d'y mettre les draps avant d'y tomber. Un crucifix à leur tête et un broc à leur côté, elles s'endormirent aussitôt. Les hommes eurent également une chambre et un lit malgré les prévisions de Bruno.

Loïc tira le matelas par terre et s'y installa, laissant le sommier à Bruno — qui avait pris un air prude pour se dévêtir —, un Bruno auquel Loïc eût plus facilement donné un uppercut qu'un baiser. « Pourquoi attribue-t-on un tel tempérament aux pédérastes ? » se demandait-il vaguement avant de fermer les yeux. « ... Comme s'ils étaient toujours sur la brèche du fait d'aimer leurs semblables ! Quel narcissisme ! Quelle hypocrisie chez l'être humain, finalement ! » Ce fut sa dernière pensée avant le sommeil.

CHAPITRE IV

Le chant du coq avait toujours été, dans l'esprit de ces citadins, le symbole du réveil ; comme le bruit des poubelles l'était à la ville, vacarme sans grâce, quel que soit le talent de l'éboueur, mais qui avait son charme, comparé aux cris inlassablement lancés et relancés par ledit animal. Ces récits du XIXe siècle, genre Dickens, où le héros en voyage veut tous les matins trucider le coq de son auberge, leur semblaient à présent beaucoup moins exagérés...

Les yeux clos pour ne pas avoir à supporter, tombant du haut de son sommier, les récriminations de Bruno, Loïc se taisait. Quant à Luce, près de Diane qui ronflait, elle se demanda avec angoisse en ouvrant les yeux où elle pouvait bien être. Un tiraillement à la hanche lui rappela son appendicite et les trois amis fidèles qui, à cause d'elle, subissaient les clameurs de ce coq. Les larmes lui vinrent aux yeux, de gratitude puis de remords... même Bruno, si désagréable, qui l'avait attendue! Elle allait leur porter le petit déjeuner au lit, décida-t-elle, s'imaginant déjà avec un tablier blanc et un plateau de toasts. Elle se leva sans bruit, ouvrit la valise jetée dans la chambre et, oubliant son rôle de soubrette, y prit une tenue de bord de mer : pantalon à taille basse couleur paille, chemisier en soie écrue, souligné par une ceinture de cuir tressé d'Hermès, sandales ouvertes qui lui laisseraient le pied libre. Elle se donna un coup de peigne et se maquilla légèrement (ce qu'elle supportait fort bien), avant de sortir dans un couloir sombre, abandonnant Diane qui n'avait pas cessé de ronfler, d'un ronflement régulier et sec, sans ces variations qui peuvent être un supplice.

Chère Diane! Si énergique, si dévouée dans les difficultés! Bruno aussi, malgré son mépris pour ce beau fermier, avait été serviable et gentil de le transporter dans la ferme. Loïc avait été merveilleux... Tout allait bien... Il lui fallait seulement cacher à Bruno que ce fermier lui plaisait. Mais elle aurait du mal... car elle s'était réveillée comme elle s'était couchée: folle de lui!

Pendant cette promenade où ils étaient assis l'un près de l'autre, elle avait cru perdre la tête chaque fois qu'ils se frôlaient. Cet avion les avait attaqués juste à temps!... La panique ensuite, et la blessure du garçon après, l'avaient empêchée de se trahir auprès des autres. Lui, en revanche, avait fort bien compris, se rappelait-elle en rougissant, tandis que le souvenir de cette main calleuse posée sur sa cuisse droite la faisait trébucher dans le couloir.

La mère était déjà dans la cour. Elle criait : « Petits ! Petits !... » d'une voix rauque. Luce se dirigea vers cette voix d'un air innocent mais en effleurant l'alcôve et ne s'étonna pas de se sentir happée par Maurice. (Maurice ? ou Henri ?) Dans la semi-obscurité que découpaient la porte ouverte sur la cour et le petit volet au-dessus de la cuisinière, le garçon était assis sur son lit, torse nu, et lui souriait de ses dents blanches et carrées.

— Maurice ?... dit-elle.

— Oui. Venez une seconde vous asseoir là !

Luce obéit, les jambes tremblantes.

S'il le lui avait demandé, elle se serait aussi bien allongée, elle, Luce Ader, femme d'André Ader, maîtresse de Bruno Delors. Quelle honte ! se dit-elle... mais quel trouble aussi !...

— Vous souffrez ? demanda-t-elle.

Elle posait la main sur la cheville blessée. Le garçon la prit et la serra dans les siennes.

— J'aimerais bien aller avec vous ! dit-il.

Le terme « aller », bien que nouveau, ne resta pas longtemps obscur pour Luce.

— C'est à cause de vous que j'ai emmené tout votre troupeau de branques dans ma charrette, dit-il en riant. Ils sont un peu dingos vos amis, non ?

— Ils sont bien gentils, avança Luce, puis elle s'arrêta, soucieuse.

Elle s'imaginait mal dans cette alcôve ouverte à tous les vents et à tous les passants de la maison — sans compter les poulets. Maurice la devança :

— Je vais me lever tout à l'heure, je marcherai avec une canne et vous verrez, on trouvera bien un endroit. La ferme est grande, il y a du foin partout. C'est pas ça qui me fait du souci ! Non, moi, c'est aux moissons, vous savez, c'est aux moissons que je pense. Il faut couper les blés vite fait, là, en juin, avant que les Fridolins y foutent le feu...

Et Luce le regarda avec tendresse, ravie que son nouvel amoureux pensât aux moissons plus qu'à elle. Elle avait toujours aimé les hommes sérieux : la paresse, l'inactivité de Bruno étaient ce qu'elle lui reprochait le plus... Et, à ce propos, comment pouvait-elle « aller » avec Maurice ?... Et Bruno ? Et Loïc ? Et Diane ? De plus, ils allaient repartir dans la journée, sûrement ! L'idée de quitter cet homme sans l'avoir connu — au sens biblique — lui paraissait d'une affreuse injustice.

— Et si nous partons ? dit-elle, serrant la main du garçon à son tour.

— Et comment vous partiriez ? Il y a la camionnette, ici, mais elle ne marche plus. Le mécano de chez Silbert devait venir mais, vous pensez, avec toutes ces voitures sur la route, il doit faire son beurre, lui. Vous n'allez pas partir à cheval, hein ? Et puis, il faudra bien qu'ils donnent un coup de main, vos amis, pour la moisson ! Je ne peux rien faire, moi ! dit-il avec un court désespoir.

Et Luce qui le regardait plus qu'elle ne l'écoutait entendit néanmoins ce ton affligé et lui embrassa la main. Elle se sentait en sécurité, en confiance, avec cet inconnu, comme avec aucun homme jusque-là.

— Vous êtes drôlement jolie, dit-il d'une voix enfantine.

Le visage de Luce s'illumina. Il y avait très longtemps, finalement, que personne ne lui avait parlé de sa beauté. Ce n'était pas la coutume à Paris et ça lui manquait.

C'est alors qu'éclata au fond de la pièce une voix rauque et stridente à la fois, stridente au point que Luce, d'un bond, se retrouva debout, à deux mètres de l'alcôve.

— Beju ! Beju ! criait la voix.

— Ce n'est rien... c'est pépé ! dit le garçon.

Il riait. Il ne percevait pas l'atrocité de cette voix. Et l'idée qu'elle appartînt à un vieillard invisible la rendait encore plus atroce.

— Il vous dit bonjour, expliqua Maurice, mais

comme il n'a plus de dents, ça fait «beju». Faut lui répondre, hein, autrement il va être fâché.

— Bonjour, Monsieur, répondit Luce d'une voix tremblante et Maurice redoubla de rire.

Elle s'étonnait que ses compagnons ne soient pas déjà dans la pièce, épouvantés par cette voix d'un autre monde, d'une autre espèce surtout, dont les fous seraient laissés en liberté, installés à la place d'honneur dans un fauteuil au coin du feu.

— Mais je ne l'ai pas vu, hier! dit-elle.

— Pourtant il était là quand on est arrivés. Mais on ne le voit pas, près du feu, tellement il est maigre!... Ma mère est allée le ranger avant le repas pour qu'on puisse dîner tranquilles.

— Ah, c'est pas gai de vieillir, marmonna Luce atterrée mais sincère.

Elle avait du coup un peu moins d'attirance pour Maurice. Non pas qu'elle crût spécialement à l'hérédité mais l'idée qu'il pût tolérer auprès de lui une telle horreur l'inquiétait sur le reste de la ferme. Avec un peu de malchance elle allait tomber sur des moutons à trois pattes, ou des chevaux à deux têtes, ou Dieu sait quelle abomination! Evidemment, ce n'était pas la faute du pauvre Maurice... — qui avait l'air bien normal, lui, il fallait l'avouer...

— Et depuis quand ce monsieur, votre grand-père, pardon, est-il dans cet état?

— Ben, depuis longtemps! Il parle comme ça

depuis le jour où il a perdu toutes ses dents. Il n'a pas toute sa tête non plus...

— Et comment peut-on perdre toutes ses dents d'un seul coup? Qu'a-t-il eu comme symptômes?

— Aucun. Il a reçu une poutre sur la tête en retapant la grange. Voilà bien quinze ans qu'il ne bouge plus et qu'il crie... On s'habitue, hein! Ce n'est pas le père de ma mère, c'est le père de mon père.

— Vous avez encore votre père? Vous avez de la chance.

— Oui. — Maurice avait l'air indécis. — Mon père est au front. Il a été fait prisonnier le premier et mon frère trois jours après, précisa-t-il avec une sorte de fierté. Ce n'est pas de chance pour les moissons... c'est ça qui est embêtant... Comme dit ma mère, ça fait moins de travail à la cuisine mais moins aussi aux champs. J'espère que les Hébert, à côté, vont venir nous donner un coup de main. Puis, maintenant qu'il y a vos amis, ça va aller mieux...

Est-ce que ce beau garçon comptait sur Loïc et sur Bruno pour moissonner? Il était loin du compte!... Une sorte de rire nerveux, après cette émotion matinale, secoua Luce. Pour le cacher, elle se retourna vers le garçon et posa son visage contre cette épaule qui sentait bon l'homme, le foin, le...

— Beju! Beju! répéta l'horrible vieillard et un sursaut la redressa.

Heureusement d'ailleurs car Diane, en robe de chambre à ramages, venait d'apparaître dans la salle.

— Ah, Luce! Vous avez bien dormi? Quand je pense que tout le matin nous avons eu cet horrible coq!... Et maintenant je ne sais pas quel est l'animal qui braie, tout à côté... mais c'est insupportable! Vous avez entendu, naturellement? Qu'est-ce que ça peut être comme bête?

Elle vit Maurice dans son alcôve, apprécia la distance qui le séparait de Luce et renifla d'un air inquisiteur.

— Bonjour, cher Maurice! Vous avez bien dormi malgré votre blessure? Moi, j'avoue que le silence de vos campagnes m'en a d'abord empêchée — et après, c'est le contraire qui m'a réveillée... Ce coq, quel organe! Mais après le coq, qu'était-ce? Vous devez le savoir, vous qui habitez là! Ces cris! Effrayants!... Effrayants! On se serait cru au Moyen Age, avec les... les diplodocus? Non, c'était avant. En tout cas, à l'oreille, un animal non domestiqué. Pour autant que je sache, bien entendu, ajouta-t-elle avec prudence et modestie.

Elle rit nerveusement, elle aussi. Luce souhaitait qu'elle les rejoignît assez vite pour n'être pas trop proche du vieillard quand celui-ci hurlerait à nouveau. Par bonheur, Diane se rapprocha en effet juste avant que le cri ne reprenne:

— Beju! Beju! Beju!

— Oh ! s'écria Diane, horrifiée, oh ! Mais qu'est-ce que c'est ? On jurerait que ça vient de la pièce tellement c'est près !... Je disais bien que ce n'était pas un animal apprivoisé !

Maurice riait si fort que Luce dut expliquer elle-même avec sa clarté habituelle :

— C'est Monsieur Henri, le grand-père... enfin, le père du père... le grand-père de Maurice, quoi !

Diane, toute pâle, la main encore sur le cœur, la regardait sévèrement :

— Oui ? Bon ! Eh bien tant mieux ! Je ne vous demande pas la généalogie de la famille Henri, Luce !... je vous demande seulement ce qui crie comme ça ?

— Mais justement, c'est le grand-père ! C'est lui qui... Il a perdu toutes ses dents en un seul jour, sans aucun symptôme.

— Quel symptôme ? Quel rapport ?

— Eh bien, il voudrait vous dire bonjour, voyez-vous, Diane, et comme il n'a pas de dents il ne peut vous dire que « beju ». Voilà !

— Quoi « beju » ? Qu'est-ce que vous me chantez avec vos « beju » ? Je vous parle de...

A cet instant le grand-père, sans doute excité par ces voix inconnues, relança son cri de guerre et Diane, instinctivement, fit un pas vers l'alcôve comme pour y retrouver d'autres êtres humains.

— C'est... c'est... lui ? (Elle en bégayait, pour une

fois.) C'est.. c'est lui qui fait ce bruit ? Mais c'est insensé, quel âge a-t-il ?

— Ce n'est pas une question d'âge, Diane, risqua Luce. C'est une question de dents, vous savez... Parce que...

— Dites-moi, vous, jeune homme, pouvez-vous me confirmer que c'est votre grand-père qui pousse ces cris inhumains ?...

Diane s'était retournée vers Maurice et le regardait droit dans les yeux comme pour le faire avouer.

— Eh bien oui, c'est lui ! dit Maurice, tout à coup mécontent. C'est lui ! Et si ça vous dérange, qu'est-ce que vous voulez que j'y fasse ? Ça fait quinze ans qu'il crie comme ça ! Il faut s'habituer, c'est tout !

Diane vacilla un peu sous les ramages de sa robe de chambre. Elle ressemblait à leur motif, un oiseau exotique et criard. Elle fit deux pas et alla s'effondrer sur une chaise à bonne distance de l'infirme.

— On s'habitue à tout, sans doute, marmonna-t-elle rêveusement, tapotant de ses ongles écaillés la table rustique, objet la veille de ses désirs. On s'habitue sûrement à tout, répéta-t-elle encore deux ou trois fois, comme si elle devenait gâteuse, pensa Luce avec inquiétude.

Mais Diane se secoua et commençait à se rasséréner lorsque Maurice, soit par agacement, soit par sadisme, la rappela à l'ordre :

— Il faut lui dire bonjour aussi, vous savez! Autrement il va être fâché! Il faut lui répondre!...

— Parce qu'il faut lui répondre?... Parfaitement! Que dois-je lui répondre? Beju! Beju! moi aussi? (Diane avait adopté sa voix patiente de grande dame.)

— Mais non, ce n'est pas la peine... Vous avez des dents, vous?

— Il me reste quelques dents, oui, en effet! concéda-t-elle avec froideur.

— Eh bien vous pouvez lui dire bonjour normalement, alors!

Diane hésita. Elle le regarda, regarda Luce, puis tournant la tête vers l'ombre, là-bas, cria:

— Bonjour, Monsieur! Bonjour! d'une voix un peu snob mais polie, voire cordiale.

Au grand soulagement de Luce, Loïc apparut sur le seuil, les cheveux dans les yeux. « Assez charmant, ma foi! » se dit Diane dans sa confusion d'esprit. « Assez mignon, même, pour un homosexuel quinquagénaire... »

— Bonjour la compagnie! s'écria Loïc imprudemment.

Car aussitôt, comme mis au défi par ce bonjour-là, le vieillard lança son cri d'accueil et Loïc, qui n'en était pas loin, fit un bond sur place, les yeux fous.

— Qu'est-ce que c'est? murmura-t-il. Qu'est-ce que c'est?... Qu'est-ce que c'est?... répéta-t-il en jetant un regard implorant vers ses amies femmes et sur ce joli garçon tout nu là-bas dans son lit, détail oiseux en regard du péril ambiant...

— C'est le grand-père! lui cria Diane à travers la pièce. Je vous le jure, Loïc, c'est le grand-père qui crie comme ça! Je vous l'avais dit, Loïc! Cro-Magnon! Nous sommes descendus chez les Cro-Magnon!

— Chttt...! Chttt...! — Luce roulait des yeux exorbités, le doigt sur la bouche.

— Vous connaissez les Cro-Magnon, Monsieur Henri? demanda Diane d'une voix tranquille au blessé hilare, qui secoua la tête en signe de dénégation.

— Vous voyez, Luce! Il n'empêche que nous sommes quasiment chez eux... d'une certaine façon! Mais quelle histoire! Mais quel film d'horreur! J'aurais su ça hier, je n'aurais pas fermé l'œil, moi! Vous imaginez s'il avait crié au milieu de la nuit? Ah... je n'en peux plus, moi, de la campagne! Je vais vous dire, je n'en peux plus!

— Vous exagérez toujours, Diane, dit Loïc d'un air bougon.

Il avait pâli lui aussi sous ces «beju» et tentait sans entrain de réconforter sa troupe quand une idée sembla soudain le remettre d'aplomb.

— Est-ce que Bruno a dit bonjour à ce monsieur?

— Non, pas encore... Tiens c'est vrai, ça!...

Et Diane eut, elle aussi, un sourire apaisé, presque

heureux. Luce se demanda pourquoi mais sans conviction car, sous le drap, la main du garçon avait rejoint sa jambe et s'y promenait nonchalamment à travers le gros grain de son pantalon.

— Vous savez qu'il faut lui dire bonjour à votre tour !

Diane jubilait en regardant Loïc mais celui-ci, qui en avait vu d'autres au Quai d'Orsay, ne broncha pas, éleva simplement la voix :

— Je vous salue, monsieur ! Je vous salue bien !

Arlette-Memling arriva sur ces entrefaites, portant un seau rempli de lait probablement arraché l'instant précédent à une de ses vaches : un lait si blanc, si mousseux et si cru qu'il donna illico la nausée à Loïc. Du thé ! Vite ! C'était à ses yeux le premier désagrément vraiment fâcheux et sans cocasserie en retour de ce voyage. Il ne put s'empêcher de gémir car il était toujours plus prêt à subir un malheur qu'un désagrément...

Mais c'était compter sans Diane qui transportait toujours son thé dans ses bagages. Tandis que Luce et Maurice, avec le courage de la jeunesse, prenaient du café au lait à peine teinté, lui et Diane burent un thé fumé qui, malgré le quignon de gros pain qui l'accompagnait, leur remit en bouche toutes les délices parisiennes et leurs raffinements. En réalité, à voir Diane et Loïc en robe de chambre, Luce en tenue de sport, le garçon à demi nu, plus cette fermière en sarrau noir, tout recenseur se fût fait une image hétéroclite de la population rurale française. Bruno dormait encore, semblait-il, mais il ne manquait pas à la conversation.

— Il y a le petit des voisins qui est passé à vélo, ce matin, dit Arlette froidement. Il paraît que les Boches ont reçu une pilée à Tours et qu'on se bat dans tout le pays. Il ne faut pas sortir de chez soi, c'est dangereux, même par ici. Il y a une pagaille terrible et plus une goutte d'essence nulle part ! Je ne sais pas comment vous pourrez repartir, mes pauvres !

— C'est incroyable ! dit Loïc. Les Allemands, avec tous leurs tanks, battus à Tours ! C'est tout à fait inattendu mais c'est formidable !

— D'autant qu'il n'y a pas qu'à Tours. Il paraît que dans le Nord, c'est pareil.

Loïc souriait de bonheur, comme Diane et Luce, d'ailleurs. Bien sûr, cette résistance était inattendue, inespérée, et elle ne durerait peut-être que peu de temps mais tout valait mieux que cette longue fuite sans accrocs, cette débandade qui régnait en France et qui le désespérait. Au moins, on se battait quelque part. Au moins, les Allemands comprenaient que ce n'était pas une terre ouverte qu'ils envahissaient.

— Si je comprends bien, nous ne pouvons plus repartir ! dit Diane.

— Ah ça, vous n'avez pas le choix ! coupa la mère.

— Mais nous allons vous encombrer, protesta Loïc.

— Ne vous inquiétez pas pour ça ! Le Memling était catégorique.

« Et l'on dit les paysans inhospitaliers, en France ! songea Diane. Quelle injustice !... »

— Il est évident que nous allons vous dédommager de notre intrusion et de notre séjour, Madame, reprit Loïc. Considérez-nous comme des hôtes payants, c'est normal.

— Il n'en est pas question ! déclara le Memling avec sévérité. Chez nous on ne paie pas, on rend service, c'est tout.

— Oh, pour rendre service... commença Luce avec élan mais quelques pensées interdites durent lui traverser la tête car elle s'arrêta net en rougissant.

Le paysan prit une voix ferme :

— Il y a quelque chose dont il faut vous inquiéter, c'est votre copain !

— Comment ça... notre copain ?

— Il ne va pas s'arranger, votre copain, avec la chaleur, vous comprenez ! On a déjà eu, comme ça, des pertes à la ferme, l'été, et il faut se dépêcher, voilà, pour les obsèques ! C'est que... ça n'arrange pas, vivant ou mort, la chaleur, hein ! Et, devant les regards horrifiés des autres, il précisa : Votre copain allongé sur la carriole !

— Ce pauvre Jean ! dit Luce, retrouvant ses esprits. Il est toujours là-haut ?

— Il y a des chances qu'il y reste, oui, le pauvre, mais nous on le sentira d'ici.

Dans le même mouvement, les deux femmes tirèrent un mouchoir de leur poche et y enfouirent leur visage.

— Bon, venez ! dit Maurice agacé. On va régler ça entre hommes !

Et il tira par le bras un Loïc flatté qu'il n'ait absolument pas mentionné Bruno en prononçant les mots « entre hommes ».

— Je ne peux pas vous aider, hein, je suis bien chagriné de ça. Mais je vais vous montrer pour les outils, et puis comment on s'en sert aussi. Il faudrait peut-être réveiller votre copain, maintenant, pour vous donner la main.

Ce fut Luce qui se chargea de la mission mais qui revint les larmes aux yeux dix minutes plus tard annoncer que Bruno, conformément au traité, disait-il, se refusait à toute besogne de ce genre.

— Notre jeune ami, qui est aussi un goujat, a conclu un traité comme quoi il ne lèverait pas le petit doigt ces jours-ci, annonça Loïc pour clarifier la situation.

— Il n'a pas dû le signer avec ma mère, son traité, dit Maurice Henri en riant.

En attendant, ce fut Loïc qui creusa la tombe dans

le pré derrière la maison, une tombe sous des pommiers qui le protégèrent du soleil, lui, et qui protégeraient plus tard le pauvre Jean. Un endroit poétique avec ses quatre pommiers comme quatre cierges en fleur, un endroit qu'il aurait volontiers choisi pour sa propre carcasse s'il se fût passé, en revanche, d'y œuvrer lui-même. Ce petit Bruno était décidément un salaud. La terre était meuble, là, d'après Maurice, et Loïc savait à présent comment se servir d'une pelle grâce à ses conseils mais il lui fallut plus de deux heures pour déblayer un espace suffisant.

De retour à la ferme, il trouva Luce et le Memling assises, l'air sérieux, sur leurs chaises, habillées de sombre, déjà prêtes. Il était onze heures du matin et la fermière avait pris soin, pendant que Loïc creusait, de mettre quelques fleurs sur la poitrine du mort et entre ses doigts un crucifix fait de deux bâtons croisés et reliés par un beau ruban noir. Ce misérabilisme outré et cette tentative esthétique rendaient horriblement touchants ces préparatifs. Luce, d'ailleurs, dans son tailleur bleu marine, se mit à pleurer à pierre fendre. C'est alors que Diane Lessing fit son entrée dans la cuisine, toute de noir vêtue dans un tailleur Chanel, le visage caché sous une invraisemblable mantille et chaussée d'escarpins les plus hauts que Loïc ait jamais vus. Cette tenue de deuil n'avait apparemment pas entamé son moral.

— Assez de pleurs comme ça, Luce! Après tout, ce n'était qu'un...

Elle freina des deux talons devant «chauffeur» et le remplaça par «quelqu'un que vous connaissiez mal, après tout».

— Il était dans la maison depuis cinq ans, gémit Luce. Je le voyais tous les jours, on parlait si gentiment quand on était tous les deux seuls dans la voiture.

— Vous n'étiez quand même pas intimes! dit Diane. — Laissant les Henri se demander comment on pouvait ne pas être intime avec quelqu'un à qui depuis cinq ans on parlait si gentiment en tête à tête tous les jours au fond d'une voiture, elle ajouta avec fermeté: — Bruno ne vient pas? Eh bien, je vais vous dire, Luce: moi, un type comme ça, je n'attendrais pas qu'on le fusille, je le quitterais sur-le-champ!

Mais elle parlait à Loïc en disant ça, comme si Luce eût été trop lâche pour la comprendre.

Jean avait été installé par la fermière et son fils sur la carriole avec quelques fleurs. Derrière le cheval que menait Maurice, les trois femmes se mirent en marche, suivies à deux pas de Loïc. Il avait la gorge serrée pendant que les pleurs de Luce redoublaient. Quelle sottise! Quelle horrible sottise, que la mort absurde de cet homme sur une route, avec et à cause de gens pour qui il était un meuble, et un meuble non signé! La carriole s'engagea lentement dans le pré et

Diane à sa suite, d'autant plus énergiquement qu'elle tirait Luce par le bras. Elle fit donc un grand pas, puis deux, mais stoppa net et resta là, immobile, dans une posture sportive: l'allégorie de la marcheuse à pied mais une allégorie de marbre. Car ses hauts talons l'avaient fichée dans le sol pâteux et l'y maintenaient aussi fermement que les piliers des palais de Venise dans la lagune. Du même coup, Luce, qui avait pris de l'élan, se retrouva brusquement retenue en arrière par le coude et dut faire des moulinets des deux bras pour se rétablir mais fût tombée sur son séant si le Memling ne l'avait rattrapée au vol. Elle se retourna vers Diane. La tête droite et le regard lointain, celle-ci ressemblait aux filles pétrifiées de Loth après Sodome et Gomorrhe. Pendant ce temps Maurice et son cheval, inconscients du drame, continuaient leur chemin. Diane jeta vers Loïc un coup d'œil autoritaire et désespéré.

— Pourquoi enterrer ce pauvre diable dans les sables mouvants? siffla-t-elle. Par paresse? Aidez-moi donc!

Loïc essaya vaguement de la soulever par la taille — avec d'autant moins de conviction qu'il était gagné par un rire incoercible — à l'inverse de Luce, laquelle, le visage tourné vers la carriole qui s'éloignait, redoublait de larmes. Non seulement on lui avait tué son chauffeur mais voilà qu'à présent on lui enlevait sa dépouille. Le Memling aboya vers Diane:

— Vous n'avez qu'à laisser vos chaussures là et marcher sur vos chaussettes !

Effectivement c'était une solution, encore que Diane n'aimât pas beaucoup qu'on appelât « chaussettes » ses bas à jours. Mais elle obtempéra et ils eurent tôt fait de rattraper la carriole qui s'était arrêtée devant le trou si péniblement creusé par Loïc et dont la vue le remplit de fierté.

— J'espère qu'il sera assez grand, dit-il à mi-voix. Je n'ai eu que deux heures ! ajouta-t-il pour bien souligner son effort.

— Mais c'est parfait, c'est parfait ! dit Diane avec le ton qu'elle eût pris envers un fossoyeur obséquieux. Alors, vous le descendez ?

Loïc était furieux et essayait de se calmer.

— Oui mais il faut m'aider ! Je ne peux pas tout faire tout seul, Diane !

Ils chuchotaient tous les deux, agressifs, mesquins et minables, se dit Loïc avec gêne.

— Je vais vous donner un coup de main, offrit la fermière. On voit bien que vous n'avez pas l'habitude.

Et Loïc et Diane tenant les épaules, la fermière les jambes, ils firent glisser de la carriole le corps de Jean, le déposèrent aussi doucement que possible au fond de la fosse. Là ils s'alignèrent, essoufflés et transpirants, et il leur fallut une bonne minute pour reprendre l'air serein et chagrin réclamé par les circonstances. Ce fut Diane, bien sûr, qui rompit le silence la première :

— Il faut dire quelque chose, souffla-t-elle à Loïc, une bénédiction.

— Il était chrétien ?

— Je ne sais pas, dit Luce d'une voix tremblante.

— Eh bien, pour quelqu'un qui lui parlait tous les jours ! lança Diane ironique...

La voix de Luce monta de deux tons :

— On ne parlait pas de religion, figurez-vous !

— Mais je ne veux pas savoir de quoi vous parliez, s'écria Diane faussement discrète, les yeux baissés, et Loïc s'énerva.

— Quelqu'un connaît-il une prière de deuil ?

Tout le monde eut le même geste de dénégation et Loïc respira à fond.

Changeant de voix malgré lui, il commença :

— Bon ! Nous enterrons ici notre ami et notre frère Jean... Jean... ?

— Je n'ai jamais pu me rappeler son nom, dit Luce d'une petite voix honteuse mais Diane qui commençait à ouvrir la bouche la referma tant le regard de Loïc, jeté vers elle, était expressif et menaçant.

— ... notre frère Jean qui est mort avec nous et pour nous, sur cette route. Nous le confions à la terre et à Dieu, s'il existe... enfin, si Jean croyait qu'il existait, reprit-il précipitamment. Nous ne savons rien de lui, ni de ceux qui le connaissaient et l'aimaient. Donc, dit-il en faisant un signe de croix machinal qui compensait un peu l'athéisme de son homélie, donc nous vous le confions. Et voilà ! Amen.

— Amen, répétèrent tous les autres avec soulagement.

Il prit un peu de terre dans sa main et la jeta sur le drap blanc avant de se détourner, amer et attristé. Amusé aussi, il ne savait plus. Il attendit que les autres l'aient imité et se soient éloignés avec la carriole : il attendait qu'ils l'aient laissé seul avec ce pauvre mort pour pouvoir le recouvrir de terre à grandes pelletées et refermer ce trou qu'il avait eu tellement de mal à creuser, deux heures plus tôt, et pour lequel personne ne l'avait même félicité.

Bruno était arrivé dans la grande salle sans aucun pressentiment. Et qui en aurait eu ? Comment imaginer sa maîtresse, la belle et riche Luce Ader, en train d'essuyer des assiettes avec un affreux torchon, dans un costume de soie sauvage et, pire, sous l'œil d'un paysan vautré dans sa sordide alcôve ? Bruno resta d'abord sans voix, avant de se remettre :

— Luce, qu'est-ce qui se passe ? Est-ce que je rêve ou est-ce que vous faites la vaisselle ? Vous comptez donner l'exemple au Tout-Paris ? Vous êtes tout simplement grotesque, ma chérie !

Luce tourna vers lui un de ses regards coupables et effarés, comme à l'habitude, un regard qui l'exaspérait, lui, Bruno, jusqu'à la folie. Mais alors qu'elle ouvrait la bouche après avoir déposé son torchon sur la table, une sorte de hennissement abominable, le cri d'un homme ou d'une bête à l'agonie, éclata dans la salle et le fit reculer de deux pas.

— Qu'est-ce que c'est?... marmonna-t-il.

Ses jambes tremblaient et il craignait que le rustre ne s'en aperçût mais celui-ci avait tourné le dos à la pièce et paraissait dormir.

— C'est le grand-père, là-bas, dit enfin cette idiote de Luce.

— Là-bas? Il est dangereux?

La forme tassée comme un vieux chiffon abandonné dans le fauteuil n'avait rien d'inquiétant et Bruno en fut réconforté mais Luce voulut l'éclairer:

— Il n'a plus les dents qu'il faut pour les N et pour les R le pauvre homme. Comme il est très poli, il veut dire bonjour. Il essaie et il dit «Beju» — Elle épela consciencieusement: B-E-J-U.

Jouant la compassion, Bruno la regardait comme une folle. Mais elle, inconsciente, continuait:

— Répondez-lui, Bruno! Après tous ses efforts, c'est la moindre des choses. Le pauvre doit être très sensible.

En effet le vieillard dégénéré relançait son affreux hurlement.

Luce s'impatientait:

— Allez, Bruno, allez! Il finirait par se plaindre à nos hôtes. De quoi aurions-nous l'air!

Elle le paierait! Elle paierait cet air impérieux et convenable!

— Bonjour, Monsieur, dit Bruno, normalement d'abord, puis, devant l'expression de Luce, il hurla presque «BONJOUR, MONSIEUR!» avant de se retourner vers elle:

— C'est pathétique, vous savez! C'est pathétique et odieux. Refaites vos valises, nous repartons. Où est Loïc? Toujours sur sa tombe? Et Diane, elle bêche aussi?

Il plaisantait mais à peine. Le spectacle de Luce à son évier l'avait frappé. Que s'était-il passé? Comment avait-on conduit ces femmes à cette comédie lamentable? Les avait-on menacées? Il s'approcha:

— Luce, dit-il, tout va bien?... Comment vous a-t-on obligée à ça? Quelqu'un vous a fait peur?

— Peur?... Mais de qui? De Madame Henri qui est si aimable? De Maurice avec son pied? — Elle rougit. — De ce pauvre homme qui a perdu ses lettres et ses dents? Vous plaisantez, Bruno!

Et, haussant les épaules, l'air sensé, Luce reprit son torchon. Bruno se mit à rire, de ce rire bas et blessant qui, il le savait, l'atteignait toujours.

— Ah bon!... Ma chérie, vous a-t-on ôté l'appendice à Paris ou le sens du ridicule? Votre nouveau personnage va faire un triomphe aux U.S.A.!... Votre époux ne sait pas quelle perle ménagère et quel cœur démocrate lui arrivent de Paris : on pleure sur les chauffeurs... on soigne les paysans... on fait la vaisselle !... Mais vous voulez vous inscrire au Parti Communiste, ma chérie !...

— Parce que vous avez un mari !... Ça alors, j'aurais pas cru !

Maurice Henri ne dormait pas, semblait-il, et sa voix était étonnée et vaguement déçue.

Bruno s'agaça.

— Eh oui ! mon bon !... Luce a un mari à Lisbonne, plus un amant — moi-même —, plus quelques cavaliers servants à Paris. Vous n'abritez pas une vierge pure, mon brave... Pardon... Monsieur Henri !

Le fiel contenu dans le « Monsieur » résonna même à l'oreille pacifiste de la pauvre Luce.

— Si je n'étais pas esquinté comme je le suis, si j'avais mes deux jambes, je lui casserais la gueule, moi, à ce type ! dit Maurice s'adressant à des copains invisibles ou alors aux poules déambulant à ses pieds.

Il avait gardé un ton paisible qui abusa Diane, retour de sa chambre dans un pantalon flottant de flanelle lie-de-vin et un boléro de coton rose pâle qui soulignaient encore sa silhouette osseuse et agitée. La phrase de Maurice lui parut appartenir à un récit.

— Qui irait casser la gueule à quel type ? s'enquit-elle.

— C'est moi qui irais bien casser la gueule de ce

petit con, là! répéta Maurice sur le même ton traînard, en désignant Bruno du menton.

Poussant de petits cris aigus et levant les bras, Luce, par mimétisme sans doute, semblait caqueter et battre des ailes. Diane, imperturbable, haussa les épaules :

— Vous plaisantez, j'imagine!

Là-dessus arriva, tels la Justice et le Labeur réunis en une seule personne, Arlette-Memling. Elle jeta un coup d'œil à Bruno qui se versait du café et se coupait une tartine.

— Vous voilà debout? dit-elle. — Votre ami Loïc vous attend dans la cour pour les moissons.

— Je suis navré, chère Madame, mais vos moissons m'attendront. Je vais en ville chercher une voiture pour vous débarrasser et rejoindre des lieux plus habités. Si vous le permettez?... ajouta-t-il avec une déférence ironique.

D'un geste lent Arlette-Memling lui retira le bol et le pain déposés devant lui et que visiblement affamé il se préparait à attaquer.

— Ici, ce qu'on mange, on le gagne! dit-elle tout uniment avant de sortir, les laissant atterrés.

Bruno pâlit, se leva et fit valser sa chaise. Le soleil tapait sur le seuil. Il y resta un instant, tremblant de chaleur et de colère. Mais il recula malgré lui, terrifié, ne pouvant imaginer que l'énorme machine de combat, couverte de poussière et cliquetant de tous les aciers, qui coupait la cour dans sa direction pût être menée par Loïc Lhermitte, encore récemment diplomate au Quai d'Orsay.

Celui-ci, après une leçon donnée par Maurice, revenait d'une heure d'exercice à travers champs. Il s'était rarement autant amusé et aucun bolide ne l'avait autant excité que cet engin qui derrière lui coupait, battait et liait les épis de blé.

Après avoir effectué une descente en voltige, il s'étira, l'air enchanté de lui-même, les deux pieds campés sur le sol. Il souriait, fier de lui, cet imbécile, pensa Bruno ! Fier de lui et des moissons à faucher, sans doute ! Le désespoir envahit un instant l'âme de Bruno. S'il avait renoncé à ramener à la raison ces deux follasses, il avait espéré trouver une entraide masculine et un simple bon sens chez Loïc.

— Si vous pouvez quitter un instant votre roadster mon cher, je voudrais bien vous parler.

— On parlera après. Vous venez avec moi jusqu'au champ ? dit Loïc, qui remontait déjà sur son char et se penchait vers lui. Maurice vous a expliqué votre rôle ? J'ai accroché votre fourbi derrière. Vous n'aurez qu'à le suivre. Ah ! on aura tout vu, mon petit Bruno ! conclut-il en remettant le moteur en marche.

Mais Bruno, resté à terre, eut un geste de refus si violent, son visage était si convulsé que Loïc arrêta à nouveau son tracteur et tendit physiquement l'oreille.

— Qu'est-ce qui se passe ?

Naturellement c'était trop simple pour Bruno de faire ce qu'on lui demandait, pour une fois ! Il était trop snob pour donner un petit coup de fourche, pour aider ces braves gens qui les hébergaient, les nourrissaient et qui auraient sans doute à continuer quelques jours. Loïc, lui, qui était monté en haut de la combe et avait vu cette mer de blé coupée parfois par un frêle arbuste, savait tout départ plus que difficile. Il serait d'ailleurs moins difficile de partir d'ici que d'arriver autre part.

— Votre nouvelle amie... notre chère hôtesse vient de me refuser un morceau de pain ! dit Bruno, les dents serrées de rage... aussi, je fous le camp !

— Du pain !... Elle vous a refusé du pain ?

Loïc était visiblement plus étonné par l'objet du refus que par le refus lui-même.

— Mais pourquoi ?

— Je ne sais pas et je m'en fous ! Je vais prendre la camionnette en bas et trouver un bureau de poste. Ça doit exister quand même, un téléphone... en France... en 1940 !...

— La camionnette est cassée. Je l'ai déjà demandée ce matin à Maurice.

— Il n'y a pas un vélo ?... J'irai à cheval ou à pied s'il le faut ! Vous comprenez, Loïc ?

Loïc soupira, se résigna et se laissa glisser de son

poste de commandement, non sans regret. Il tapa sur l'épaule de Bruno.

— Vous avez raison, il faut que nous parlions, mon petit vieux.

Il le poussa à l'ombre du hangar, alluma une cigarette dans le creux de ses mains, d'un geste viril qui exaspéra Bruno un peu plus, comme une trahison supplémentaire. Après tout c'était à Loïc avec ses cinquante ans passés de jouer le vieux grincheux et pas à lui, Bruno, qui en avait trente! Et pourtant l'aventurier, le boute-en-train, le responsable était actuellement incarné par Loïc.

— Hou hou!... Hou hou!... Où êtes-vous donc?

La voix de Diane, puis Diane elle-même dans son costume raffiné, les rejoignit. Tous trois s'installèrent en arc de cercle pour faire le point. Il y avait longtemps, pensait Diane, puisque Luce n'était pas là, qu'ils ne s'étaient pas réunis entre gens sérieux. Ils se seraient de même retrouvés entre gens normaux si Loïc avait été absent... ou entre gens bien élevés si c'eût été Bruno. Diane se découvrait toujours une nouvelle qualité grâce aux défauts d'autrui.

— Et vous arrivez à piloter cet énorme engin? demanda-t-elle à Loïc avec un respect nouveau.

— C'est un vrai jouet! Vous devriez essayer, Diane!

Mais Bruno n'était pas prêt à parler jouets.

— Vous avez vu, Diane, la façon dont j'ai été traité

par cette harpie et son crétin de fils !... Je pars à pied trouver un bureau de poste et téléphoner à Ader. Vous comprenez mon attitude, j'imagine ?

— Mais bien sûr que oui, mon petit Bruno ! Bien sûr ! Seulement, à l'aveuglette... est-ce prudent ?

Loïc et Diane semblaient redevenus normaux et Bruno s'en félicita au passage.

— Je dois trouver un moyen de rejoindre Orléans ou Tours, un télégraphe en tout cas. La camionnette ne marche pas.

Diane soupira :

— Hélas non, mon pauvre ami, les Cro-Magnon sont à pied, ces jours-ci. Cela dit, il suffit de marcher vers le sud-ouest ! C'est tout !

Les bras croisés sur ses frêles appas, Diane semblait l'image même de la raison.

— Le sud-ouest ? Dieu sait où il est, celui-là ! fit remarquer Loïc.

— Par là !

Diane avait lancé aussitôt le bras vers un point précis du ciel impavide. Les deux hommes la regardèrent. Elle laissa retomber son bras et dit avec pitié :

— J'ai — et Dieu sait pourquoi, mais elles sont là ! — deux facultés innées. Je sais : A) où sont les points cardinaux, B) soigner les fleurs. La main verte et le sens de l'orientation. Je tiens ça de mon père qui, il y a cinquante ans, a quand même traversé une partie, inconnue jusque-là, de l'Amazonie.

— Ça prouve en tout cas la main verte, dit Loïc en souriant mais Bruno lui jeta un regard soupçonneux.
— En l'absence de toute autre information il se décida :

— Je file, avant que cette mégère ne me pourchasse avec une fourche. Ma pauvre Diane ! dit-il avec élan, quand je pense que Luce a même fait la vaisselle !

— Ah là là là là !... Loïc et Diane hochaient la tête, les yeux baissés.

— Prenez au moins un chapeau ! cria Diane.

Mais il était déjà en haut de la combe et le paysage l'impressionnait trop pour qu'il s'attardât à ces futilités. Il disparut rapidement. Et Diane échangea un sourire sadique avec Loïc.

— Ça va le calmer ! dit-elle, et puis, s'il trouve un télégraphe, tant mieux, après tout !

— Vous voulez faire un petit tour sur mon engin ?

Loïc était obsédé. Incapable de résister, la mondaine Diane Lessing monta sur la moissoneuse-lieuse-batteuse et fit le tour de la cour à petite vitesse, poussant comme une jeune fille des cris de peur et de ravissement. Puis elle laissa Loïc partir seul vers sa mission, vers les blés presque mûrs qui l'attendaient, déjà frémissants d'appréhension.

Ils n'avaient fait qu'un petit tour de piste mais Diane, en rentrant, s'entendit quand même rappeler par Arlette-Memling que l'essence n'était pas gratuite.

Conséquence ou pas de cette folle dépense, ils eurent pour tout repas, à midi, un maigre petit bout de lard, quelques pommes de terre et une vieille soupe de la veille. Le pauvre Loïc, déjà brûlé par le soleil, empestant la sueur, en souffrit plus que les autres. Au point que, profitant de ce que Diane faisait un cours d'antiquité à la maîtresse de maison et lui donnait l'âge approximatif de son bahut, il se permit de lui prendre sa tranche de lard et de l'engloutir. Revenue à son assiette, un instant plus tard, elle chercha du couteau, qu'elle brandissait jusque-là en direction du bahut, le délicieux jambon fumé qu'elle y avait laissé intact l'instant d'avant. En vain. Elle plongea alors sous la table, prête à le disputer aux poules qui étaient, par hasard, absentes. Elle se redressa.

— Où est mon jambon? siffla-t-elle sévèrement.

— Mon Dieu! Vous le vouliez?... Je croyais que vous l'aviez laissé!... Je suis désolé! dit l'Attaché d'ambassade, Chevalier de la Légion d'honneur, abonné à l'Opéra et reçu partout comme le meilleur ami des Sévigné, entre autres.

— C'est la première fois que l'on me fait ça! déclara Diane, et je trouve votre attitude indigne d'un homme du monde, et même d'un homme tout court.

— C'est aussi la première fois que je moissonne, se défendit faiblement le pauvre Loïc.

Diane était ulcérée, ses yeux lui sortaient de la tête mais son acrimonie et sa rancune fondirent lorsqu'elle vit repartir vers sa moissonneuse-lieuse-batteuse Loïc titubant de fatigue, apparemment moins fou de sa machine et plutôt attiré par son lit, dans la direction duquel il jeta un long regard de regret.

Quand il disparut vers les champs, il y avait plus de trois heures que Bruno était parti, à pied, à travers la campagne.

CHAPITRE V

Comme beaucoup dans son milieu, Bruno Delors avait besoin d'un public pour se sentir lui-même. Un public qu'il avait, jusque-là, trouvé partout et en permanence. Ces témoins lui paraissaient à la fois un décor naturel et une nécessité absolue. Et il ne pouvait pas ne pas imaginer inconsciemment quelques paysans blottis derrière les maigres buissons de cette campagne si plate, le regardant passer, admiratifs. C'est pourquoi il partit d'un bon pas : image d'un bel homme à la campagne, sportif, la tête rejetée en arrière, la chemise ouverte. Malheureusement, il se retrouva vite le front bas, sur un sentier traversé de sillons irréguliers, encombré de bosses, de pierres et d'herbes folles, qui l'obligèrent à sautiller comme sur les rochers de Fontainebleau. Il sentait les cailloux sous ses mocassins italiens qui, parfaits pour arpenter les planches de Deauville ou les escaliers de Longchamp, se révélaient trop souples, bien que blessants, sur ces chemins vicinaux.

Il marcha néanmoins sans trop souffrir pendant près d'une heure, au cours de laquelle il dut accomplir trois kilomètres en ligne droite et autant en travers car il alla trois fois vérifier que les îlots d'arbres, sur les côtés, ne cachaient pas une ferme, un téléphone ou un moyen de transport. En vain. Au bout d'une heure, la vue de poteaux indicateurs au loin lui fit accélérer le pas mais ce fut pour tomber sur deux planchettes indiquant, l'une: «Le Mas Vignal», l'autre «La Tranchée». Bruno finit par opter pour «La Tranchée» mais au bout de deux cents mètres se décida pour le «Mas Vignal» à la suite de réflexions trop diverses et trop ennuyeuses pour être rapportées.

A 11 heures du matin, il enleva ses mocassins. Mais marcher en chaussettes était encore plus pénible. Il se rechaussa. Dans quel désert était-il donc tombé?... Il essayait de se rappeler quelques notions de géographie mais ne trouvait dans sa mémoire scolaire que les bribes d'un poème oublié.

«Midi, Roi des étés, étendu sur la plaine

«Tombe en nappes d'argent des hauteurs du ciel bleu.

«Tout se tait...»

Mais était-ce bien «étendu sur la plaine» ou «allongé»? Il n'était pas sûr et cela l'agaçait. Cet adjectif incertain rendait la récitation obsédante comme elle ne l'avait jamais été en classe. Il faisait chaud, atrocement chaud. Il transpirait mais ne s'essuyait même plus le front. Le seul moment un peu agréable fut, à midi, quand il retrouva l'adjectif: «épandu»...

«Midi, Roi des étés, *épandu* sur la plaine...»

C'était ça! Il en était sûr! «Epandu»! Il était sûr aussi d'être perdu, à présent. Il n'en pouvait plus. Des dessins rouges défilaient sous ses paupières, le sang lui battait aux tempes comme des battants de portes. Le bouquet d'arbres où il arriva alors sans espoir d'y trouver quoi que ce soit — et sans se tromper, d'ailleurs —, le bouquet d'arbres lui permit de s'allonger à son ombre, sur le dos d'abord comme un homme normal, puis de se retourner sur le ventre, les vêtements froissés, la tête sur le bras, à la limite du désespoir, de la fatigue, de l'insolation. Il n'y avait pas d'avions, pas de soldats verts ou kaki, pas de bataille... il n'avait vu tuer personne... Qui avait dit que la France était toujours en guerre?...

Quand il arriva chez les Vignal, ce fut pour constater qu'ils avaient sans doute fait faillite. Des restes de ferme, quelques pierres éparses, un bouquet de ronces, trois arbres sous lesquels il alla encore s'asseoir. Ses pieds étaient en sang. Il les regardait avec stupeur, ces pieds si bien pédicurés encore la semaine précédente et à présent bourrés d'ampoules, de cals, écorchés vifs. Il avait mal, il avait soif. Il avait envie de pleurer. De vieux récits de voyageurs égarés, de déserts et de squelettes rongés par les chacals (ou les chacaux?...) lui passaient par la tête. Il voyait d'avance les journaux: un fait divers étalé en première page: «Le jeune et beau Bruno Delors retrouvé, mort, en pleine Beauce.» Ridicule! Allait-il mourir en Beauce? Lui? Bruno Delors, aimé des femmes? Grotesque! Il n'allait pas faire rire les gens à propos de sa mort! On ne mourait pas en Beauce! Pourquoi serait-il le seul Français à mourir en Beauce? Après avoir échappé à trois avions et un voyage entier avec cette furie de Diane, cette tante de Loïc et cette gourde de Luce! Et pourtant, en songeant à eux, des larmes de tendresse lui vinrent aux yeux. Il les imaginait désespérés de sa disparition, tournant en rond dans cette ferme sans pouvoir en sortir, prisonniers de ce paysage maudit, de cette France maudite, de cette Beauce maudite!... Ah non, on ne l'y reprendrait pas!

Il se mit à sangloter à petit bruit, se retenant de sangloter plus haut malgré le silence et la solitude qui l'entouraient de tous côtés et d'une façon implacable. C'était la première fois qu'il comprenait véritablement le sens du mot «implacable». On parlait toujours, à Paris, de gens implacables, d'hommes d'affaires implacables ou de femmes implacables. C'était ridicule ! Personne ne pouvait être implacable comme la campagne, il n'y avait que la campagne qui fût implacable.

Tout tournait, ses idées tournaient, sa tête tournait, la terre tourbillonnait. Bref, en ce beau jour de juin 1940, Bruno Delors, couché les bras en croix sur la bonne terre française, pleura longuement sur lui-même, faute de pleurer sur l'armistice que, cent kilomètres plus loin, le maréchal Pétain était en train de signer avec l'armée allemande.

Bruno Delors, donc, battait sérieusement la campagne, victime d'une brutale et sérieuse insolation, quand un garçon de ferme, simple d'esprit, le trouva allongé sous son bouquet d'arbres. Il était près de trois heures de l'après-midi lorsque, tombant sur lui endormi sous ses feuillages, ronflant, sifflant et murmurant des mots bizarres d'une voix aiguë, le visage écarlate et les membres agités, «J'irai-point», qui rentrait chez lui, s'arrêta.

«J'irai-point» était un garçon du village qui s'appelait Jean comme tout le monde. Né d'un père inconnu, et qui l'était resté, et d'une pauvre femme morte après l'avoir mis au monde mais trente ans plus tard, Jean devait son prénom à la seule imagination de celle-ci. C'était par un soir de beuverie — il avait alors quinze ans et en paraissait déjà le double ou le triple — que ses camarades, surexcités par la boisson, l'avaient nommé «J'irai-point», sobriquet né du réflexe qu'avait Jean de répondre par cette phrase dès qu'on lui parlait de chasse, de mariage, de boisson, de femme ou de politique. Ce surnom lui resta et, vu l'absence de ses parents, il n'y avait plus que quelques vieilles femmes à dire en le voyant traverser le foirail : «Tiens, voilà Jean qui passe !» Mais elles n'ajoutaient pas, comme d'habitude, «C'est un petit qui ira loin !» car tout le monde savait qu'il n'irait nulle part. En effet on l'appelait aussi «Meningou», vieille locution beauceronne qui, par contraction, désigne la méningite. Les quelques accès qu'il avait eus de celle-ci pesaient encore sur son comportement, même si elle lui avait laissé la vie sauve.

Meningou commença par admirer les beaux effets du dormeur, puis, dans sa naïveté, tenta de lui ôter sa montre, n'y parvint point et réveilla Bruno qui se redressa sur ses coudes, hagard et fiévreux. Il aperçut alors un visage flou et qui, lorsqu'il cligna des yeux, le demeura. Car Meningou avait tous les signes d'une maladie mentale un peu accentuée, une espèce d'imprécision dans les traits et dans le contour du visage, comme s'il avait été créé, dessiné, en pointillé. Ses yeux et sa bouche ne riaient pas ensemble ; on avait toujours l'impression que le sentiment qu'indiquait son visage n'était pas celui qu'il éprouvait, ce qui empêchait qu'on le prît au sérieux et, par conséquent, qu'on l'aimât.

Meningou donc vivait seul dans une maison en ruine, derrière un bosquet. Quelques pulsions sexuelles, informes et débordantes, l'avaient jeté une fois sur une femme du village, vigoureuse créature qui l'avait accroché à son portail par la ceinture du pantalon même qu'il aurait voulu enlever avant qu'il n'arrive à ses fins, et ensuite, par une erreur compréhensible, sur un vicaire, un frêle jeune homme que le curé du lieu tentait d'endurcir à la vie campagnarde et que les assiduités trop poussées de Meningou renvoyèrent à un apostolat plus urbain. Assouvi ou non par ses turpitudes, Meningou depuis cinq ans se tenait tranquille; l'opinion publique était qu'il se contentait de quelques bêtes domestiques — encore que pas une fois on n'ait vu, parmi ces grands troupeaux, un seul animal qui, à sa vue, se mît à frétiller, à donner de la voix ou à trotter dans sa direction. On pensait donc que Meningou non seulement dérangeait mais corrigeait en plus les objets de ses désirs, ce qui rendait forcément cyniques et froides ces pauvres bêtes.

Bref, «J'irai-point» eut le coup de foudre pour ce joli jeune homme allongé dans l'herbe, avec ses beaux vêtements et son visage cramoisi. Ébloui, il tendit la main vers Bruno, la posa sur ses cheveux et les tira en riant, un léger filet de salive dégoulinant sur sa lèvre inférieure. En d'autres temps et en d'autres lieux, Bruno eût poussé des cris d'horreur, tenté de boxer ce pervers ou de le fuir au galop. Mais il délirait. Et son délire était peuplé de déserts, de sable, de dunes perpétuelles, d'oasis introuvables et de bienveillants nomades. Celui qui se dressait devant lui ne présentait pas, certes, le noble visage des Kabyles ni des Hommes Bleus, mais il semblait heureux et fier de l'avoir sauvé d'une mort atroce et, sans lui, inéluctable. Bruno se leva, vacilla, et dut s'appuyer sur son compagnon. Il avait 41 de température, voyait des chéchias et des dromadaires partout et, souriant, prenait les baisers fous dont Meningou dévorait son visage pour d'ancestrales pratiques musulmanes. Lui-même, d'ailleurs, posa quelques baisers plus modestes sur les joues étonnamment charnues et roses de ce Bédouin, ce crâne fils du désert — et là on peut dire que le Parisien le plus blasé fût resté ébahi par cette scène. Vite lassé, néanmoins, de ces vieilles coutumes, Bruno s'assit à la turque, les jambes croisées et les pieds repliés sous ses cuisses sur le sol pierreux. Cette nouvelle manière de s'asseoir qu'il n'avait jamais — et pour cause — vu exécuter en Beauce redoubla chez J'irai-point le respect et l'admiration. Il tenta d'en faire autant, trébucha, s'effondra et, après quelques gesticulations sans grâce et sans succès, se résigna à s'asseoir comme à son habitude aux pieds de son nouvel amour.

Bruno, qui mourait de soif dans sa fièvre, attendit quelques instants le thé à la menthe, cette boisson doucereuse et sucrée inévitable en Afrique du Nord — il le savait — et, ne voyant rien venir, interpella son sauveur :

— Moi avoir soif ! dit-il. Moi affamé, moi malade. Toi emmener moi au prochain fortin.

Ce langage châtié et succinct, s'il l'étonna, bien sûr, convenait parfaitement au cerveau de J'irai-point. Il se leva hilare.

— Moi emmener toi ! dit-il fermement... Nous manger le cassoulet de la mère Vignal. Toi avoir des sous ? — Et il secoua ses poches pour bien préciser sa pensée, ce que voyant, Bruno, se levant à son tour, sourit :

— Moi avoir beaucoup d'or à Paris... mais moi savoir toi mépriser l'argent !

Ce discours n'éveilla pas un grand écho chez J'irai-point.

— Nous avoir besoin d'argent pour cassoulet ! dit-il avec une visible angoisse.

Bruno se voulut rassurant :

— Moi devoir toi la vie... moi donner toi amitié, foi, confiance. Moi couper ma main pour toi. Mais moi pas donner toi sales billets. Moi savoir toi mépriser billets.

— Si, si ! Moi accepter billets de toi ! assura J'irai-point avec une vigueur peu commune.

— Moi donner toi plus tard, alors. Tout à moi, tout à toi ! Toi vouloir quoi, maintenant ?

— Ta montre !

Malgré sa bêtise et son ignorance, le garçon avait bien vu que les vêtements de Bruno étaient immettables, fichus, et qu'il n'y avait qu'une chose brillante sur lui : sa montre. Bruno se rappela vaguement que cette montre était en platine et qu'elle lui avait coûté des nuits et des nuits auprès de la vieille baronne Hasting. Il tenta faiblement de la défendre.

— Ma montre valoir vingt chameaux, dit-il avec emphase, vingt chameaux et kilos et kilos de dattes !

— J'aime pas les dattes, dit J'irai-point en tendant la main.

Et Bruno, la mort dans l'âme, détacha sa montre. C'est à ce moment-là qu'arrivèrent sur la carriole ses amis parisiens, jusque-là cachés par la ligne des arbres : Luce et Loïc, flanqués d'Arlette Henri, avaient fini par s'interroger sur la disparition de Bruno. Arlette avait attelé les chevaux et suivi sans difficulté les pas du marcheur dans la poussière.

— Vas-tu rendre cette montre ! cria-t-elle à J'irai-point. Tu l'as volée ? Si tu ne veux pas aller en prison faut que tu viennes à la maison faire la moisson !... Viens à la ferme, je te donnerai à manger après la faux demain ! cria le Memling avec à-propos en voyant les bras vigoureux de J'irai-point bronzés par le soleil. Viens finir la moisson, J'irai-point! Je te paierai.

Celui-ci répondait aussi par «J'irai-point» quand on lui parlait de moissons ou de travaux des champs. Mais là, c'était son amour qu'il suivait... sa découverte.

— On est déjà arrivés au fortin ou à la frontière? Avec quelle tribu parle donc mon sauveur? demanda Bruno à une ombre au burnous retroussé sur les jambes, sans reconnaître les voix affectueuses et les visages pourtant chéris qui l'entouraient. «Ils l'avaient cru perdu, disaient-ils, ils avaient eu peur...» C'était à lui de les détendre et de les rassurer.

— Moi préférer couscous au cassoulet, dit-il. Moi amoureux du désert. Moi suivre ta caravane, dit-il à un nommé «Al Lett», un indigène vêtu d'un caftan noir et au visage sévère.

Un peu plus tard il était couché dans la carriole qui rentrait vers la maison des Henri, la main de Luce larmoyante et coupable tenant la sienne. Loïc, profitant de sa léthargie, lui administrait de temps en temps une légère claque sur la joue sous prétexte de le ranimer. Gifles qui firent regretter distraitement à Bruno les mœurs plus enveloppantes et plus tendres de son ami Touareg devenu invisible mais qui, placide, se nettoyait les dents avec une herbe, les jambes pendantes au bord de la charrette.

Quant à Arlette Henri, conduisant les chevaux et regardant derrière elle son petit monde mort de fatigue, elle se félicitait de ses arrangements et, surtout, d'avoir enfin décidé J'irai-point, le plus costaud du village, à travailler à ses champs. Il abattait du travail comme dix quand il y consentait (cela faisait bien des années que personne n'était parvenu à l'y décider). Maurice allait être content, se dit-elle. Et Loïc qui lui tournait le dos crut l'entendre chantonner un vieil air à moitié oublié et qui s'appelait *Fascination*: «Je t'ai rencontré... simplement...»

Mais il était si fatigué que cela ne le fit même pas sourire et qu'il pensa, par la suite, avoir rêvé. En tout cas cela ne dura pas longtemps car, se retournant vers l'arrière de la charrette et désignant Bruno du menton, elle dit à Loïc:

— Ne vous faites pas de souci, demain il sera debout!

Ce qui voulait dire debout avec une fourche.

CHAPITRE VI

Diane n'avait pas suivi l'expédition de sauvetage sous prétexte d'attendre le disparu à la maison au cas où il reviendrait par ses propres moyens. En réalité, elle n'avait pas fini la tâche que lui avait confiée Arlette et ne tenait pas à le lui avouer. Sans doute par une fierté enfantine, se disait-elle en minaudant toute seule. Sa tâche était simple mais rebutante : elle devait trier un cageot de pommes ; d'un côté les sures et de l'autre les saines. Tri réalisable à l'œil sinon à la dent.

— J'en ferai des tartes demain pour le dessert des moissonneurs, lui avait dit Arlette. Il en faudra trois grandes. Les meilleures, c'est les miennes, disent les hommes. Ah ça ! vous êtes tombés dans la bonne maison ! avait-elle déclaré à Diane interloquée.

Or Diane, une fois cachée dans la remise et après avoir enfourché ses lunettes, avait beau scruter chaque pomme avec intensité, elle n'arrivait pas à trancher de sa valeur. Elle devait donc, maintes fois, la mordre ; ce qu'elle avait fait d'abord vigoureusement, puis peu à peu du bout des dents, ces dernières commençant à renâcler, voire à branler, tant l'acide des pommes s'attaquait à ses gencives.

Le cours, jusque-là endiablé, de son tri s'était donc ralenti. Et Arlette-Memling, repassant dans son dos, les bras chargés d'instruments divers, le lui avait fait remarquer d'une voix tranchante :

— Dites donc, ma pauvre, vous allez y passer la nuit ! Mais c'est ce soir que je les mets au four, mes tartes ! Faut pas vous endormir dessus !

— Je n'arrive pas à les distinguer l'une de l'autre, vos pommes.

— Je vous l'ai déjà dit, de les mordre !

— Je ne peux quand même pas mordre une à une trois kilos de pommes. J'ai déjà trois dents qui branlent, pleurnicha Diane d'une voix plus désespérée que révoltée car sa « fierté enfantine » l'avait totalement abandonnée et la fermière lui fichait bel et bien la frousse.

— Aux mauvais ouvriers les mauvais outils ! Allez, vous vous débrouillerez bien. Les Parisiens, c'est malin ! avait conclu la fermière avec un bon sourire, d'ailleurs fugace car elle avait ajouté aussitôt :

— Attention, hein ! Une seule mauvaise pomme et toute ma tarte a un goût de pourri !

Laissant Diane atterrée, le Memling était reparti vers ses travaux quotidiens et ses bombances du lendemain pendant que dans la grande salle Luce se tapait toute la vaisselle entassée dans le bahut depuis la dernière moisson, en 1939, donc couverte de poussière et de fientes de rat. « Si l'on pense, se disait Diane, que Luce Ader avant cette vaisselle, a dû faire la chasse aux œufs et ensuite préparer la pâtée pour les canards ! » Pauvre Luce ! Dans sa sottise elle avait dû se dépêcher, en faire trop, se surpasser et, son travail terminé, s'était donc retrouvée chaque fois chargée d'une autre corvée ! Elle, Diane, au moins, était restée rivée à ses pommes et elle se tirerait de cette journée sans courbatures et sans point de côté (même si elle écopait de quelques aphtes dans la bouche et d'une légère nausée due à une excessive sécrétion de suc gastrique). Tout ça pour un déjeuner dont le prétexte ne l'intéressait absolument pas. Et malgré la vexation que cela lui aurait causé, elle en était à souhaiter le retour triomphal de Bruno. Mais comment compter sur ce gandin dans ces conditions dramatiques ? On voyait bien qu'il y avait eu la guerre ! De cela, maintenant, elle se rendait compte. Il avait fallu une catastrophe nationale ou mondiale pour justifier la dégringolade sociale dont, depuis deux jours, Luce et elle étaient les victimes, comme pour expliquer l'attention respectueuse qu'elle portait aux diktats d'une fermière.

Ce fut le bruit de la carriole dans la cour qui un peu plus tard arracha Diane à ses rêveries et à sa tâche, telle une émigrée entendant rentrer au Temple la sinistre charrette des guillotinés. Avec remords, avec défi, elle mélangea vite fait les pommes suries et les saines, eut le temps d'arracher le tablier de sarrau noir qui lui faisait deux fois le tour de la taille et sortit de la cave. Dehors, Loïc et Luce, soutenant Bruno, l'entraînaient à l'intérieur de la maison et l'asseyaient sur la seule chaise un peu confortable de la grande pièce. Bruno trébuchait, vacillait. Le malheureux avait dû faire une mauvaise chute malgré la platitude extrême du paysage. Loïc la détrompa :

— Ce n'est qu'une sacrée insolation, je vous le jure, Diane ! Il ne risque rien.

— On attrape toujours des insolations ici, l'été, parce qu'il n'y a pas assez d'arbres, commenta Maurice Henri, rassurant lui aussi mais l'air assez satisfait quand même du retour piteux de son rival.

Il était superbe, bronzé, avec ce maillot de corps blanc inscrit sur le corps et qui était plus troublant que laid, finalement.

— Mais que s'est-il passé ? Où l'avez-vous trouvé ? dit Diane de sa voix de juge et de reporter.

Loïc se retourna :

— Nous l'avons trouvé sous un arbre, où ce jeune homme l'avait transporté.

Il indiquait l'individu sans âge et, semblait-il, sans entendement et sans âme qui les accompagnait. Celui-ci murmura :

— 'jour Madame ! d'une voix de fausset, déroutante chez un garçon aussi grand et aussi fort.

— Bonjour, Monsieur !

Elle avait pris sa voix de clairon qui proclamait et son attachement aux règles sociales et les accrocs que la vie leur infligeait parfois.

— Je vous remercie donc, Monsieur, ainsi que tous mes amis, de nous avoir ramené... Mon Dieu ! s'écria-t-elle en découvrant le visage de Bruno. — ... Mais dans quel état il est ! Vous l'avez retiré d'une ruche ou quoi ?...

Le visage rouge foncé et gonflé de Bruno faisait peur et gênait : cette laideur subite non seulement le transformait mais le dépersonnalisait, le déshumanisait presque. Il s'appuyait tellement sur son physique dans la vie, il marchait tellement derrière son visage, qu'il semblait d'un coup sans origine, sans passé et, pire, sans avenir... Que deviendrait le beau Bruno Delors s'il restait ainsi ? La réponse, on le devinait, serait à chercher dans des cliniques, des bouges ou des hospices. Dans des horreurs, en tout cas..

— Une ruche... une ruche... répéta le nouveau venu. Une ruche ! Ah ben non ! Ça, j'irai point !

— Et voilà! décréta Maurice de son grabat, comme mis en joie par ces mots. C'est tout ce qu'il sait dire: «J'irai-point!» Et c'est comme ça qu'on l'appelle, d'ailleurs: J'irai-point.

Diane avait l'habitude des surnoms (Dieu sait que dans son milieu on les multipliait) mais celui-ci la déconcerta:

— Ce n'est pas très charitable, dit-elle avec sévérité.

— Les femmes l'appellent aussi Meningou, si vous préférez, continua Maurice. Il a eu quelque chose au cerveau quand il était petit, une maladie des méninges, une... enfin, bref, on l'appelle Meningou.

— Beju! Beju! s'écria à ce moment-là le vieillard dont l'ouïe s'affinait apparemment de jour en jour et qui avait dû remarquer un nouvel organe dans le chœur, agréablement renouvelé ces temps-ci, de son entourage.

— 'jour M'sieur Henri! 'jour M'sieur Henri! cria le nommé J'irai-point en clignant de l'œil vers Bruno comme pour faire partager à un bon copain son sujet d'hilarité mais en vain, la tête de celui-ci retombant sur sa poitrine. Dans quel état était son élégant costume du matin! pensa Diane. Et elle vit le regard de Loïc faire aussi l'inventaire de ces dégâts avec tristesse.

— Il faut le coucher, dit Arlette-Memling qui, arrivée sans bruit, soulevait le menton de Bruno et le dévisageait avec ses yeux froids de femme Sioux. Il va faire de la fièvre, il va cracher peut-être partout, et puis demain il sera sur pied, tout neuf !

Et elle tapota distraitement la joue du malade avec la même sensibilité qu'elle eût réservée à une tête de bétail. C'est alors que J'irai-point, se penchant sur Bruno, posa un long baiser sur ses yeux hagards avant de jeter vers les Parisiens un sourire bestial et complice qui les fit tous reculer d'horreur.

— Mais que lui veut-il ? cria Diane.

Une Diane pour une fois moins choquée par la classe sociale que par les intentions du prétendant.

— Voulez-vous le laisser ! cria-t-elle encore, tandis que Loïc empêchait le fou de réitérer ses tendresses en le retenant par le col.

— J'irai-point ! Fiche-lui la paix ! cria Maurice Henri arrêtant le pervers d'une voix mâle et forte mais étranglée, aussi, par le rire et qui le révéla plié en deux sur son grabat, les yeux brillants de larmes.

— Vous n'avez pas le droit c'est vrai, ça ! clama Luce à son tour avec un courage inattendu.

J'irai-point recula et, baissant la tête, marmonna :

— Y voulait bien, tout à l'heure !... puis bafouilla quelque autre calomnie qui acheva de le rendre antipathique.

La question devenait brûlante. Avait-il profité de la faiblesse de leur jeune ami pour le... pour... en abuser ? « Quelle revanche pour toutes ces femmes dépouillées par Bruno!» songea Diane. Encore que son goût pour la revanche le rendît peu exigeant, ce qui le desservait. Les femmes qui paient ne se réjouissent jamais de payer peu, taxant dans ce cas-là leur amant de petitesse ou de bêtise, jamais de délicatesse, celle-ci ayant disparu pour elles au premier franc versé.

Ainsi Diane Lessing se livrait-elle à des réflexions subtiles et profondes sur son milieu, tandis que J'irai-point et Loïc transportaient Bruno sur son lit suivis par Luce pâle et repentie d'avance et que Maurice Henri, toujours de bonne humeur, allumait une cigarette et se rejetait dans son alcôve.

Loïc regardait J'irai-point avec perplexité, partagé qu'il était entre l'horreur et le fou-rire à l'idée de Bruno, si hautain, si snob et si viril acoquiné à ce gaillard si bêta. A première vue c'était extravagant mais dans ce domaine (on le disait assez!) tout était possible. Si c'était ce coup de soleil qui avait engendré ce coup de foudre, on ne pouvait que s'incliner très bas devant les pouvoirs de l'astre du jour: l'hétérosexuel Bruno Delors, si soucieux de l'être, envoyant des sourires à l'idiot d'un village de Beauce!...

Et Loïc ne pouvait s'empêcher de souhaiter cette idylle; non pas qu'il détestât Bruno, ni qu'il jugeât cette idylle déshonorante, mais il savait le jugement contraire profondément et définitivement ancré dans l'esprit de Bruno et de bien d'autres. Ses préférences sexuelles donnaient à celui-ci une supériorité inébranlable. Loïc pouvait devenir ministre, sauver dix enfants d'un incendie et y mourir, découvrir le remède anti-cancer ou peindre la Joconde, il y aurait toujours un moment de la conversation où Bruno pourrait faire rire à son profit et à ses dépens. A moins, évidemment, qu'il n'ait fait fortune.

Restées seules avec les Henri, Diane et Luce eurent un moment de découragement et de douceur extrêmes : les péripéties de leur destin, leur effort pour sauver leur dignité, les avaient déjà plus ou moins épuisées. De plus leurs relations, fondées sur ces bases inébranlables que sont les habitudes, vacillaient tout à coup, devenaient floues, sans sentiment et sans grâce. Et si leurs dialogues, ou même leurs monologues intérieurs, gardaient une certaine fierté, il y avait une Diane, comme il y avait un Loïc et un Bruno qui, la nuit, dans son lit, se demandait : « Que fais-je ici ? » « Qu'allons-nous devenir ? » « Qui m'aime parmi ces gens ? » Etc. etc. etc. Bref, ils se retrouvaient en face d'eux-mêmes ; ils n'avaient pas le moindre somnifère à se mettre sous la dent, ni la moindre conversation téléphonique à entamer avec une amie également insomniaque.

Luce était donc seule à garder l'esprit tranquille, mis à part ses pulsions vers Maurice et le fait que sa belle-mère, si elle pouvait appeler ainsi cette femme sauvage, sa belle-mère lui faisait une peur bleue. Elle rougit de reconnaissance quand Arlette lui dit d'un ton bourru :

— Vous avez bien travaillé, vous ! C'est briqué, ici, ça reluit ! Et la vaisselle est bien claire ! C'est qu'on va être une vingtaine, demain ! Vous avez fini les pommes ? demanda-elle en se tournant vers Diane, d'un ton moins aimable.

— J'en ai fini avec vos pommes, ou presque, répliqua Diane avec courage. J'en ai mal partout dans la bouche et dans les doigts. Je me suis même coupée ! annonça-t-elle fièrement en montrant une légère estafilade sur son pouce.

Venant du couloir des chambres, Loïc reparaissait, l'œil amusé une fois de plus. Il se rendait plutôt utile et en tout cas gai et distrayant pendant ce séjour infernal, songea Diane. Le hâle qu'il avait pris en haut de sa machine aux trois manœuvres lui allait bien, gommait ce côté mou et indécis qui l'enlaidissait parfois à Paris. Il s'assit près d'elle, attrapa un verre sur la table et, après avoir consulté madame Cro-Magnon du regard, le remplit au robinet et le but. Arlette ayant levé le camp, Luce vint innocemment prendre sa place auprès de Maurice. Bientôt on ne vit plus d'elle que son dos mince, ses épaules et sa tête étant engagées dans l'alcôve où sans doute elle prenait étroitement soin du blessé. Loïc et Diane se retrouvèrent tranquilles.

— Alors, qu'est-ce qui s'est passé ? souffla Diane. Vous croyez que Bruno ?...

— Tout ce que je peux vous dire, c'est qu'ils ont la méningite très affectueuse dans ce pays.

— Beju ! Beju !

— Et vous les avez trouvés dans les bras l'un de l'autre ? Quelle histoire incroyable ! Ce cher Bruno qui fait toujours le mironton !

Était-ce bien « mironton » le mot approprié ? C'était peut-être « rodomont » qu'elle cherchait ! Mais non, que voulait dire ce « rodomont » flottant à la surface, la toute dernière surface de sa mémoire comme une vieille branche ?

— Ils n'étaient pas du tout enlacés, Diane. Je n'ai pas dit ça ! Bruno était assis à la turque, les jambes croisées sous lui, les yeux vitreux, et J'y-peux-rien...

Diane rectifia sévèrement :

— J'irai-point.

— Si vous voulez. J'irai-point était assis sur ses fesses, à la française, l'œil ardent. Mais il n'y avait rien d'équivoque là-dedans, jusqu'à ce baiser donné devant nous. Et un autre dans la chambre, c'est vrai ! Bruno ne m'a pas reconnu mais il a souri à son soupirant.

— Vous voyez ! Bien sûr ! Bien sûr !

Diane exultait.

— Bruno était loin ? Vous l'avez retrouvé à quelle distance ?

— Oh, huit kilomètres à peu près.

— Il aurait mis quatre heures pour faire huit kilomètres ? Non, non ! Il a traîné, et en compagnie galante !

— Galante ? (Loïc riait.) Galante ? J'irai-point n'a rien de galant...

— Beju ! Beju !

— Ta gueule ! cria Loïc agacé.

Et se tournant vers Diane :

— Il est barbant, quand même, non ?

— Vous n'êtes pas froussard, vous ! dit Diane éblouie. Si elle vous entendait !

— Beju ! Beju !

— Laissez-le, le pauvre ! Il s'ennuie dans son transat.

Luce avait sorti de l'alcôve un visage rouge et décoiffé et Loïc dressa vers elle son index qu'il secoua d'un air sévère, puis se tourna vers Diane.

— Et vous, qu'est-ce que vous avez fait toute la journée, ma chère ? Vous avez dû vous ennuyer !

— M'ennuyer ? J'aurais adoré m'ennuyer ! Non, Arlette m'a fait trier et retrier des pommes tout l'après-midi ! Je n'ai pas osé refuser, on lui donne du travail, après tout, et elle n'a pas le moindre personnel, semble-t-il.

Elle marmonnait, gênée de sa lâcheté. Loïc enchaîna :

— Moi, je ne me suis pas mal débrouillé avec ma

machine infernale, quoiqu'elle ait découpé deux ou trois arbres au passage. Surtout elle a bel et bien glané, battu et plié deux volailles ! Elles sont sorties imberbes et vociférantes de mon engin, la peau hérissée.

— Où sont-elles ? Retrouvez-les, je vous en supplie, Loïc ! pria Diane. Je dois en plumer deux pour ce fameux déjeuner avec les Henri et les voisins Fabert. Arlette veut m'obliger en plus à les tuer moi-même.

— Comment allez-vous faire ?

— J'ai demandé son fusil de chasse à Maurice. J'espère qu'il y tient assez pour les tuer à ma place demain matin...

— Beju ! Beju !

— Voulez-vous vous taire, vieux bavard ? cria Diane vers le vieillard d'une voix acerbe mais qui s'arrêta net quand Arlette sortit du couloir : il y avait toutes les chances qu'elle l'ait entendue.

Oh, et puis, tant pis ! se dit Diane. Elle ne mangerait plus, elle resterait couchée dans son lit, elle mourrait là, de faim, comme un animal, mais un animal libre !

Mais Arlette ne voulut pas entendre, pas plus qu'elle ne voulut voir le visage de Luce dont la couleur, pourtant, l'expression et la chevelure étaient autant d'aveux. Loïc enchaîna :

— Il faudrait quand même que l'un d'entre nous

aille surveiller ce fameux J'irai-point : il est tout seul avec Bruno !

— J'y vais, dit Diane et elle partit au trot, ravie de ce rôle de duègne.

Encore qu'elle ne crût pas vraiment à cette histoire. Non que les mœurs de Bruno lui apparussent comme inébranlables mais il y avait quelque chose qui ne marchait pas. Dieu sait pourtant qu'elle en avait connu des scandales — il n'en manquait pas dans son monde : elle avait vu un jeune marié partir le jour des noces avec le frère de l'épousée, les plaquant tous à Saint-Honoré d'Eylau ; elle avait vu la femme d'un Premier ministre le laisser sur un port et emballer le yacht et le garçon d'étage de l'hôtel ; elle avait vu un richissime prince italien déshériter toute sa famille pour une fleuriste. Mais les mêmes réglements étaient respectés. Un riche partait toujours avec un riche, ou un riche avec un pauvre, mais jamais deux pauvres ensemble. Cela ne les aurait menés à rien. Qui inviterait encore un homme qui, n'étant plus seul, ne serait plus un cavalier commode, ni une femme qui, ne l'étant pas davantage, ne serait plus ni une confidente en ville ni une suivante dans les voyages ennuyeux ? Bref, on ne recevrait plus ni l'un ni l'autre de ces aventuriers parasitaires qui disparaîtraient dans l'ombre d'où ils étaient venus. Sous quel prétexte irait-on abandonner une vieille connaissance, son égal à la Bourse, au profit de deux inconnus qui n'avaient pas su apprécier leur chance ?

Bref, un gigolo comme Bruno ne partirait sûrement pas avec un berger comme J'irai-point sans être suicidaire, ridicule et inconvenant. Si le dégénéré avait été l'héritier d'une aciérie, cela eût tout changé, cela eût redonné quelque raison à la chose, y compris à l'abandon de Luce. Mais là, franchement, c'était trop misérable, trop voué à l'échec et au médiocre, ce n'était plus amusant pour personne. Et c'est avec l'intention de lui faire un discours moral que Diane rentra dans la chambre de Bruno — toujours aussi rouge, vit-elle, aussi fiévreux, et toujours veillé de son prétendant perché au pied de son lit.

Diane lui fit un signe de tête aimable et s'assit en face de lui. Ils étaient plantés de chaque côté de ce lit comme deux chenêts mais le ridicule n'importait plus à Diane désormais : elle avait retrouvé son rôle de mondaine et les obligations y afférant. Il fallait qu'elle découvre le fin mot de cette histoire, qu'elle en sache tout, fût-ce par J'y-va-t'y-j'y-va-t'y-point ! Elle avait le temps : il n'était plus question ce soir qu'elle pelât ou qu'elle plumât quoi que ce soit !...

— Notre ami semble aller beaucoup mieux, commença-t-elle en souriant...

La plus âgée des Parisiens était aussi la plus effrayante aux yeux de J'irai-point et l'avait subjugué dès l'arrivée de la carriole à la ferme des Henri. La jolie jeune femme était bien timide et le grand sec ne disait trop rien. Mais cette femelle-là avec ses cheveux rouges, c'était le genre à faire des histoires. Qu'est-ce qu'elle lui demandait en ce moment, par exemple ? Allez savoir avec sa voix pointue !... Il ne comprenait rien à ce qu'elle lui disait, avec tous ces mots !... J'irai-point décida de recourir au langage abrégé qui, ainsi que lui avait appris le matin même son protégé, était utilisé soit par les Parisiens, soit par les Indiens.

— Moi pas comprendre, dit-il.

Diane broncha : — Allons bon ! Ce malheureux parlait petit nègre, maintenant. Orléans était quand même plus proche que Tombouctou... Ah, France mère des arts, des hommes et des bois, lui récita sa mémoire. Ah, si ces fameux écrivains, Péguy, ou l'autre, Claudel, avec leur obsession assommante de labours et de clochers, venaient faire un tour en Beauce ! Ah, ils comprendraient leur bonheur ! Elle se ferait une joie, elle, Diane, de leur offrir le voyage. Ils apprécieraient la différence avec leurs stéréotypes paysans. Enfin, cela dit, elle exagérait : J'irai-Point était dégénéré par accident. Il avait eu une méningite, tout le monde le savait. Enfin, tout le monde le savait en Beauce, se reprit-elle. Elle était de mauvaise foi. Elle prit la voix mielleuse et prudente, à peine ironique, qu'elle réservait à certains cas douteux, et commença :

— Moi demander Bruno aller mieux ?

J'irai-point soupira. Au moins elle parlait le même langage que les autres, enfin que... comment l'appelait-elle ? Il brandit l'index vers l'oreiller.

— Lui, Bruno ?

— Mais oui, lui Bruno ! Bruno Del... enfin, lui, Bruno !

Inutile de faire des présentations plus complètes, c'était peut-être même dangereux pour plus tard. Quoique Diane imaginât mal J'irai-point faisant du chantage avenue Foch. Non. Non. L'horrible était l'idée, simplement, qu'il ignorât tout du prénom de Bruno et qu'ils se fussent livrés l'un à l'autre sans la moindre présentation. C'était tellement bestial ! Deux animaux ! Car il n'y avait pas de doute, c'était les yeux de l'amour que ce garçon posait sur Bruno. Quel petit cachottier, celui-là ! Depuis quand avait-il ces penchants ? Peut-être ne les ressentait-il qu'à la campagne. D'où sa répulsion à venir à la ferme. A moins qu'il ait été assommé et pris de force ? Mais non, il avait souri à ce dégénéré. Elle devait donc absolument achever son enquête. Même si celle-ci n'avançait qu'à force d'onomatopées.

— Toi rencontrer Bruno où ?

— Moi trouver lui au Bois Vignal.

— Lui comment ?

— Lui couché par terre, sur beaux habits.

— Toi trouver lui joli ?

— Oui, lui très joli. Plus joli que vicaire.

— Que qui ?

— Lui plus joli que vicaire. Toi pas connaître vicaire ?

— Pas ici, non. Alors toi, quoi faire ?

— Moi réveiller lui.

— Lui dire quoi ?

— Lui vouloir moi ramener lui au fort.

— Où ça ?

— Au fort.

— Quel fort ? Bon ! Toi dire oui ?

— Oui, moi dire oui.

Etc. etc. etc.

Le reste de ce dialogue entre un jeune dégénéré de la basse Beauce et une femme surexcitée de la haute société parisienne ne donna vraiment rien d'intéressant, ne révéla rien ni à l'un ni à l'autre sur les mœurs ni sur le langage de leurs tribus respectives.

Loïc Lhermitte n'avait jamais eu à supporter une telle fatigue physique, qui, pour un tempérament nerveux comme le sien, était au demeurant une bénédiction. Il y avait longtemps qu'il ne s'était senti aussi bien. Arrivé en haut du chemin, il avait émergé de la combe et s'était allongé dans un tas de foin que sa machine à triple usage avait dédaigné lors du retour. Il avait tiré de sa poche un litre du vin, rouge et frais, à goût de raisin, de la fermière et s'était allumé de l'autre main une cigarette paysanne et jaunâtre. Étendu sur le dos, des miettes de foin lui chatouillant le nez, la gorge âpre de raisin et la bouche brûlée de nicotine, il éprouvait une volupté et un plaisir de vivre comme il ne s'en rappelait pas de semblables. Le silence des champs que coupaient de plus en plus vivement, à la chute du soleil, les oiseaux épars alentour, lui bruissait doucement aux oreilles. L'odeur du foin et du blé coupés par lui-même l'enivrait doublement, et de par sa senteur âcre et fumée et d'en être responsable ; il était près de regretter toute une vie de campagne qu'il n'avait pas eue. Qui ne ressemblait en rien, découvrait-il aussi, aux éternels week-ends de Deauville ou d'Autriche, de Provence ou de Sologne auxquels il avait été convié pourtant pendant des années. Était-ce le fait d'être seul comme il l'était à présent qui lui avait manqué auparavant ?... Ou les accessoires qu'on lui confiait alors, maillets de croquet, voiliers, raquettes ou fusils, qui ne l'amusaient pas ?... Peut-être n'était-il inspiré que par cette machine imposante et cliquetante, la dénommée moissoneuse-batteuse-lieuse ? Mais où aurait-il pu en réclamer une jadis et à qui ? Il se voyait mal priant Bill Careman ou la chère douairière d'Épinal de lui confier leur batteuse et leur ferme le temps d'un week-end... Toujours était-il que ces instants bucoliques lui laisseraient d'étonnants et même d'impérissables souvenirs : que ce soit Luce nourrissant les canards ou Diane triant les pommes... ou encore le malheureux Bruno ramené inanimé par un idiot de village ! Oui, il en aurait, de bonnes anecdotes à raconter ! Mais, à sa propre surprise, il éprouvait moins de plaisir que de nostalgie. Plutôt que de commenter son passé, il eût préféré prolonger son présent. En fait, il avait plus envie de rester ici que de se retrouver à New York. Même s'il se l'avouait difficilement, il avait l'impression physique et morale que quelque chose s'était dénoué en lui, qu'il avait récupéré la liberté de ses membres et de son cerveau et laissé à Paris, dans les salons et dans les bals, un Loïc Lhermitte poussiéreux et guindé, tout à fait délimité et prévisible, un Loïc Lhermitte dont il n'avait plus besoin ni envie, celui qui aurait préféré partir avec les autres à New York. Le nouveau Loïc, lui, préférait rester ici, dans cette ferme ou dans une autre, ou entamer à pied le *Tour de France pour deux enfants*, livre qu'il avait tant aimé à l'école comme tous les écoliers de son âge.

Il fut tiré de sa béatitude par un bruit qui n'était pas rural, rampa à plat ventre jusqu'au bord de la combe et se pencha. Il était au-dessus des toits de la ferme, un peu plus près du toit de la grange, et c'est à travers les fenêtres découpées par les poutres qu'il aperçut deux ombres emmêlées, deux silhouettes de chair où il eut vite fait de reconnaître Luce et Maurice. Celui-ci avait dû surmonter sa douleur, comme Luce sa terreur, et, profitant de l'état d'inertie du pauvre Bruno, ils étaient venus concrétiser ici enfin la très réelle envie qu'ils avaient l'un de l'autre. Loïc ne vit pas, il ne chercha pas à voir grand-chose de son poste car les derniers rayons du soleil embrasaient la grange et ne soulignaient parfois qu'un corps rouge et doré qui s'éteignait dans le foin en s'y roulant. Mais s'il ne vit pas grand-chose, il entendit en revanche la voix d'amour de Luce, une voix ferme et impudique, la voix d'une femme qui se laissait aller à son plaisir avec un élan et une décision imprévus. Il avait imaginé Luce transie ou froide, en tout cas peu faite pour l'amour. Il semblait s'être trompé, et grandement.

En fait, il ne s'était pas trompé et Diane non plus, même si cette voix l'aurait surprise aussi. Il y avait bien longtemps que Luce n'avait pas crié ni joui de la sorte. C'était un de ces rares tempéraments qui aiment qu'on leur fiche la paix pendant l'amour, qui détestent l'attention ou les précautions de l'homme et qui ne trouvent leur plaisir que lorsque leur partenaire ne prend pas garde à elles. Tout hussard leur est bon, tout raffiné inutile, les vrais amants les gênent et les figent alors que les brutes les comblent. C'était ce qu'avait découvert son mari, et c'est pourquoi il l'avait épousée car, entraîné par son goût des soubrettes, il avait vu en elle une des seules mondaines qu'il puisse faire jouir sans y perdre son temps. Il s'en était lassé un jour mais comme il se lassait de toutes les femmes. Luce avait été alors livrée à des amants parisiens et consciencieux, soucieux du plaisir de leur maîtresse et de ce fait empêchant le sien.

Le paysan Maurice avait des habitudes archaïques : les filles, pour son plaisir, se culbutaient dans le foin. Certaines s'y faisaient, d'autres moins, mais il n'y pensait même pas. Il offrait sa virilité, sa vigueur, mais pas son application ni sa maîtrise. Il faisait ce qu'il fallait pour son plaisir — qui était grand — et tant mieux si cela plaisait à la femme en même temps : il ne se lançait pas dans d'autres détours.

Cela ne plaisait pas toujours. Aussi le plaisir extasié et flagrant de Luce l'étonna, l'émerveilla même d'une certaine façon ; les putains qu'il avait payées ne feignaient qu'à peine et les filles qu'il avait séduites n'étaient pas, dans le domaine de la sensualité, aussi altruistes et peu orthodoxes que Luce. Celle-ci, à voir ce beau garçon s'échiner sur elle, s'exciter et s'agiter en elle sans même paraître la voir, en perdit la tête. Cela la changeait miraculeusement de Bruno qui, malgré sa brutalité, ne cessait jamais — pensant à sa carrière ou à sa vocation et surtout à ses prétentions — de la regarder, de l'ausculter et de lui dire au moment où il ne le fallait pas « Dis-moi ce que tu veux », « Tu aimes ça, hein ? » etc. — autant de phrases qui la ramenaient à elle, c'est-à-dire à autre chose qu'à lui et l'ennuyaient donc prodigieusement. Bref, le plaisir égoïste, brutal et jusque-là solitaire de Maurice la foudroya et elle hurla sous lui comme elle n'avait jamais hurlé sous quiconque.

C'était, Dieu merci, le moment où les poules et les canards entraînés par les cris des oiseaux toujours épouvantés, au soir, de l'obscurité montante — menaient leur plus beau tapage. Les cris d'amour des amants furent couverts, il est prosaïque de le dire, par les couinements, les cancanements, les piétinements et les autres moyens d'expression des volailles qui régnaient dans la basse-cour. Les cochons, les ânes, quelques vaches mêlèrent leurs voix plus graves à ce concert dévoué et discret, à cette réaction de pudeur animale qui, comme les chœurs russes, cachent la crudité ou l'horreur des événements au reste de la figuration. Seul Loïc, plus proche des amants, lui, que de la basse-cour eut tout le loisir d'entendre ces voluptueux appels et, s'il n'en fut pas troublé, en fut d'abord ahuri, puis satisfait. Car il aimait beaucoup Luce : autant que dans ce milieu certains hommes lucides aiment et plaignent les quelques femmes belles et bêtes qu'ils ne désirent plus.

Le soleil se couchait, là-bas. Il disparaissait à l'horizon, tout au bout de cette plaine si longue et si plate, si étendue qu'elle laissait deviner ou imaginer la courbure de la terre. Il fallait bien qu'elle s'inclinât, tournât à un moment quelconque, très loin, à force de se dérouler de la sorte. Sinon elle eût, dans sa trajectoire rectiligne, buté sur quelque chose, sur un nuage ou sur le soleil lui-même. Il devenait évident qu'elle s'arrondissait et suivait les lois, enfin, de Galilée. Le soleil qui était entré tout doucement en agonie, heure par heure, puis minute par minute, qui avait pris son temps, qui s'était immergé d'abord jusqu'à la taille, ensuite jusqu'aux épaules, le soleil feignit d'avoir été attrapé par une main impatiente et tiré violemment vers le fond. Sa chute s'accélérait, il se diluait dans des roses, son dôme s'amenuisait et s'enfonçait. Un éclair rouge sortait encore parfois de cette tête chauve et presque noire maintenant. Une tête qui sembla, une dernière fois, ressortir triomphalement ou désespérément, tragiquement en tout cas, et regarder encore la terre avant de s'immobiliser soudain, confondue avec l'horizon, disparue, quoi. Les oiseaux se turent, le soir pesa sur la terre ; et la terre apparut tout entière — comme un vers de Victor Hugo — à Loïc Lhermitte, allongé sur le flanc après une journée de moissonneur. Il avait appris jadis ce long poème à l'école, il avait même su le réciter en entier à sa famille éblouie ; il y avait très longtemps de cela. Mais aujourd'hui, au début d'une seconde guerre et à cinquante ans passés, Loïc Lhermitte ne s'en rappelait que les premiers mots : « Booz s'était couché, de fatigue accablé... »

Quand il rentra dans la grande salle, dix minutes plus tard — car il voulait épargner aux amants d'arriver les derniers — il trouva toute la petite famille à table, une soupière fumante trônant au milieu, et le Memling debout, la louche à la main, sous le regard ému de Luce, de Diane et de Maurice. Tout le monde mourait de faim, y compris lui-même. Il prit place néanmoins sans hâte auprès de Diane et vit avec soulagement l'énorme tranche de pain blottie derrière son assiette.

— Je sers les travailleurs les premiers, ou le malade ? dit Arlette en plongeant la louche. Et elle ramena une flopée de légumes, de poireaux, de pommes de terre, de carottes, plus un énorme morceau de lard qu'elle posa avec soin, d'abord dans l'assiette de Loïc, qui s'étonna de sa propre satisfaction. Elle servit ensuite avec la même largesse son fils, Luce et Diane, puis elle-même, chaque louche étant un satisfecit de travail que chacun reçut comme tel, les yeux baissés et rose de confusion, remarqua Loïc (le seul, sans doute, de son groupe à garder quelque liberté). La faim, le bon plaisir de manger lui ayant ôté toutes ses facultés d'observation, ce ne fut qu'après avoir fini son assiette qu'il remarqua le nouvel aspect de Luce et de Maurice assis l'un près de l'autre. Le plaisir les avait tout à coup adoucis, patinés, rendus lumineux et ils faisaient des efforts incessants pour ne pas se frôler — efforts plus révélateurs aux yeux de Loïc que toutes les familiarités ou les privautés des amants affichés.

Maurice plaisantait, les yeux plissés par le rire et un plaisir très récent. Luce ne disait rien mais souriait à ses phrases, sans le regarder, avec une expression indulgente et digne, à l'opposé de la femme maladroite et inquiète qu'il connaissait. Au point que Diane la regardait aussi, de temps en temps, et d'un œil suspicieux. Mais, bien entendu, sans imaginer la vérité. Elle était revenue bredouille, sans doute, de sa visite au malade et cela devait l'exaspérer. Elle se pencha vers Loïc, puis se ravisa et s'adressa directement à la maîtresse de maison.

— Est-ce qu'il y a des forts par ici, Arlette?

— Des forts? Qu'est-ce que vous appelez des forts? — Maurice avait l'air étonné pour une fois, lui qui ne bronchait jamais. — Vous voulez dire quoi? Des fortins en plus grand?

— C'est ça, oui.

— Ben non! dit Maurice. Qu'est-ce qu'on en ferait? C'est la Beauce, ici.

— Nous ne sommes pas du tout sur la ligne Maginot, ma chère Diane... commença Loïc intrigué.

Mais elle eut l'air agacé, énervé de son intervention.

— Qui vous parle de ligne Maginot, Loïc? Je me renseignais... je demandais s'il y avait des forts dans ce pays, c'est tout! Il n'y en a pas. Bon, je prends note.

— C'est une drôle d'idée quand même, dit Arlette l'air soupçonneux.

Loïc sentit Diane hésiter et même reculer avant de se relancer à l'attaque, la voix plus aiguë encore que tout à l'heure.

— Et il n'y a pas de séminaire non plus, ni d'évêché ?

Là, la surprise fut à son comble. Arlette qui passait son couteau contre la miche afin d'en recouper suspendit son geste à l'inquiétude générale. Maurice se mit à rire :

— Non, on n'a pas besoin d'évêque ou de curé par ici... On n'a pas le temps de faire les prières, avec tout le travail qu'il y a ! Pour le dimanche, le curé du Vignal vient dire la messe. On a même eu un vicaire, autrefois...

Il s'arrêta, puis reprit en souriant :

— Même qu'il est parti au galop, le petit vicaire ! Hein, la mère ? Il était tout petit, le vicaire qu'on avait ! Il ne pouvait pas toujours appeler le Bon Dieu au secours, le pauvre !

— Veux-tu te taire, Maurice, dit le Memling avec une sorte d'indulgence.

Et Maurice se tut, toujours souriant. Loïc le regardait, lui, puis regardait Diane, comme un match de tennis. Il fut tiré de cette monotone alternance par un fracas dans le couloir. Un fracas suivi d'un mot en patois lancé d'une grosse voix et qui précéda l'arrivée de Bruno, soutenu par J'irai-point, un Bruno plié en deux, les yeux fiévreux, et qui se cogna à la porte. J'irai-point posa le malade sur la première chaise venue, en tira une autre pour lui de façon à l'empêcher de tomber car il glissait irrésistiblement, les membres lourds. Ahuris, les témoins se réveillèrent d'un coup.

— Mais qu'est-ce que tu fais donc? cria le Memling de sa voix sévère.

L'accusé détourna les yeux.

— J'avons trop faim et j'peux point le laisser tout seul!

— Et pourquoi pas? On ne va pas vous le voler, vous savez! s'écria Diane qui avait repris ses esprits. Vous n'allez pas traîner dans le couloir ce malheureux dévoré de fièvre, tout ça parce que vous avez faim! C'est inhumain!

« On voyait bien qu'elle avait eu sa soupe, Diane! » pensa Loïc prosaïquement. Mais elle avait raison quand même. Il renchérit:

— C'est vrai. Laissez-le allongé, s'il vous plaît. Il ne faut d'ailleurs pas qu'il mange, dans son état. Il faut seulement qu'il boive.

— Mais moi j'avons rien eu! répéta J'irai-point, le visage crispé par ce dilemme cornélien entre la passion et la faim.

— Eh bien moi, je vais recoucher mon ami! Vous

ne m'en empêcherez pas ! N'est-ce pas, Loïc ? dit Diane avec fermeté.

Elle se leva, tourna derrière la chaise, non sans lui glisser au passage : « Prenez du fromage pour moi ! »

— J'veux point le laisser ! gémit J'irai-point.

Et glissant ses bras de singe autour des épaules et des genoux de Bruno, il le cala un peu plus sur sa chaise.

— C'est trop fort ! cria Diane. Lâchez-le ! Monsieur est le fiancé de Madame, figurez-vous ! dit-elle en montrant Luce.

Elle se sentait rouge de colère mais exemplaire de dignité. Seulement, en se tournant vers Luce, elle vit celle-ci à cent lieues de cette affaire, les yeux éteints. Diane enregistra et, comme chaque fois que ses convictions n'étaient pas plébiscitées, s'en tira par une volte-face.

— Bon, d'accord ! Chacun sa vie ! Mais pour ma part et puisque nous en sommes là, mon cher Loïc, je vous signale que si j'attrape une insolation quelconque et que « Beju » veut m'entraîner dans son fauteuil, je ne suis pas d'accord, quoi qu'il prétende. Je peux compter sur vous ?

Comme rappelé à la vie à cette simple éventualité, le vieillard se mit à crier des « Beju ! Beju ! » enthousiastes. Le Memling se tourna vers J'irai-point et lui retira sa double chaise d'infirmière ou de favori.

— Vas-tu le lâcher ? dit-elle sèchement. Rentre

dans ta chambre ! D'abord tu n'auras pas de soupe ! Non, mais... De la soupe ? Pour avoir fait quoi ? Demain, si tu travailles, tu en auras de la soupe ! Tu crois que je vais te nourrir parce que tu traînes après les malades dans ma maison ? Non, mais ! Allez ! Ramène le Monsieur dans sa chambre, Meningou, ou je te mets dehors !

Meningou leva les yeux vers la soupière, pleurnicha et lâcha Bruno qui en profita pour dégringoler de sa chaise jusqu'au sol où, sous les yeux indignés des Parisiens, il le ramassa, le mit sur son épaule comme un paquet et repassa la porte sans dire bonsoir. La tablée resta silencieuse pendant qu'Arlette donnait à chacun un morceau d'un brie délicieux et odorant. Ce fut elle qui rétablit l'atmosphère :

— Non mais ! Il lui faudrait peut-être aussi du fromage ! lança-t-elle, indignée. Et à cette idée folle, chacun se mit à rire à gorge déployée.

— Peut-être bien que vous me trouvez un brin rude, hein, quand même ! reprit-elle, l'œil tout à coup songeur. Refuser du pain à des hommes !... Déjà, à midi, à votre ami...

Un tollé interrompit cette crise dostoïevskienne. Un flot de locutions originales telles « qui ne mérite rien n'a rien », « il faut se lever tôt pour voir le soleil », « toute peine mérite salaire », etc. etc., entremêlées de nombreux « il n'avait qu'à... », « y a qu'à... » fusèrent des lèvres de ses hôtes. Lesquels, arrachés aux angoisses toutes physiologiques de la faim et s'abandonnant un peu, déjà, aux délices de la digestion, firent de leur mieux pour apaiser les touchants scrupules de leur amie. D'autant que, ne le regardant jamais mais le surveillant sans cesse, ils avaient tous conscience du morceau de brie encore conséquent abandonné au milieu de la table. Aussi chacun tentait-il d'arracher l'esprit d'Arlette à ses stériles remords pour la ramener à des projets plus riants et plus proches.

Néanmoins, la morale de cette journée, sa leçon, se révélait à ces citadins sans ambiguïté : « La paresse était ou devait être punie. » Diane, bientôt, se lança dans un récit au cours duquel John Rockefeller, n'étant pas arrivé à temps à la Bourse, perdait les trois quarts de son empire industriel. Luce enchaîna en évoquant plaintivement le superbe diamant blanc-bleu que son mari, après avoir attendu une heure chez Cartier qu'elle se décidât, lui avait finalement refusé. La conversation faiblit, Loïc ne se rappelant, semblait-il, aucun exemple néfaste de l'oisiveté. Déjà l'on sentait le Memling prête au fatal « Bon ! Allez ! Au lit ! » qui mettrait fin à tout espoir de brie, lorsque Loïc eut enfin une initiative adroite. Il se leva.

— Madame Henri... Arlette, pardon ! Voulez-vous que j'aille en bas tirer un peu de vin au tonneau ? Maurice m'a montré où c'était, cet après-midi...

— C'est vrai qu'il fait soif! dit le dénommé Maurice de la chaise où il gisait alangui, les yeux battus.

— C'est bien aimable, monsieur Loïc! Tenez, prenez le litre! Mais attendez donc que la petite vous le rince!...

Et Luce Ader, la femme du banquier, courut vers l'évier et le rince-bouteilles.

Un peu plus tard, tandis que Loïc répartissait le vin frais dans les verres, ce fut à Diane de se lancer:

— Vous savez que ce vin est exquis, Arlette! Il est délicieux! Une fraîcheur! Un bouquet! C'est un vin qui parle au palais et pas à la gorge! C'est très rare...

— Il n'est pas mauvais, concéda Arlette, il n'est pas mauvais, le trente-neuf...

— Surtout avec ce fromage! Il lui donne un bouquet incroyable! L'un fait si bien ressortir l'autre!

Arlette hocha la tête et approuva mais sans le moindre geste pour vérifier. Une sorte de désespoir envahissait l'âme de Diane. Que lui arrivait-il dans cette maison? Non seulement elle était toujours affamée, non seulement tout ce qu'on y mangeait semblait d'une saveur extravagante mais, en plus, cette maladive passion avait gagné tous ses amis. (Elle sentait Luce comme Loïc prêts à lui disputer leur part à coups de fourchette si elle tentait le moindre passe-droit.) Néanmoins elle ne se résignait jamais:

— Comment allez-vous faire vos tartes demain, chère Arlette ? Sablées ou feuilletées ? Quand je pense que je serai peut-être dans trois mois, peut-être moins, en train de grignoter à Vienne la fameuse tarte Sacher ! Ah, ces Allemands, cet Hitler surtout, ce clown qui s'imaginait déjà à l'Élysée ! Ah non, la vie, il y a de quoi rire, ah ah !

Et, rejetant la tête en arrière, ses cheveux roussâtres flottant à leur gré après vingt-quatre heures d'abandon campagnard, elle éclata d'un rire aigu, convulsif, un rire qu'on aurait prêté à Elizabeth d'Angleterre le jour de l'exécution de Marie Stuart, (mais qu'expliquait mal la perspective d'une tarte au chocolat, fût-ce chez Sacher). Toujours est-il que, devant ses amis inquiets, Diane plongea soudain la tête sur son coude gauche et, secouée par les signes les plus névrotiques d'un fou rire, tendit à l'aveuglette la main droite vers le fromage qu'elle tira jusqu'à son assiette. Cette proximité redoublant son rire, elle cacha sa tête entre ses deux mains pour une pudique retraite dont elle ne sortit qu'un instant, un seul instant qui lui permit, les yeux fermés, de découper un gros morceau du fromage et de le jeter négligemment dans son assiette. Se tenant les côtes et affichant toujours la même inconscience, la même stupeur amusée devant les bizarreries du destin elle repoussa le brie amenuisé vers le centre de la table. Pour bien souligner l'innocence de son geste, son étourderie, elle tapota sa prise de son couteau pendant deux bonnes minutes, le temps que son rire en cascade s'achève lentement et qu'elle puisse se montrer à ses amis, le visage démaquillé, la voix haletante et l'œil triomphant.

— Ah, pardon, dit-elle à la cantonade (présidée par le Memling), pardon ! Je suis morte ! Je ne sais plus ce que je dis ni ce que je fais ! Ah, mon Dieu, que c'est bon de rire ! ajouta-t-elle avec cynisme, entamant froidement et sérieusement son brie, dont elle posa un bon morceau sur une tartine de pain de taille idoine et qu'on aurait pu croire préparée à l'avance.

Rassuré ou fou furieux, chacun lui demanda le motif de sa gaieté, ce à quoi elle répondit : « Rien ! » en minaudant beaucoup. Seul Loïc se permit un vrai commentaire, flatteur dans sa brièveté :

— Chapeau ! dit-il, avec une telle admiration qu'elle fit monter aux joues de Diane Lessing deux rougeurs difficiles à distinguer l'une de l'autre : celle de la gourmandise et celle de la victoire.

Le Memling s'était levé comme si rien ne s'était passé, rien du moins qu'elle eût enregistré. Chacun fila, semblait-il, vers sa chambre sauf Diane qui inconsciemment s'attardait, serrait les mains trois fois, celle du jeune Maurice, celle de Luce, celle de Loïc et celle du Memling, comme si elle eût été à la sacristie et reçu des félicitations justifiées. Elle riait, d'un rire de tête, en promettant à la maîtresse de maison de l'aider, le lendemain, dans ses devoirs mondains.

— Et nous serions combien pour ce déjeuner, chère Arlette ?

Le conditionnel agaça Arlette qui appuya sur ses futurs :

— On sera nous, plus les voisins Fabert et leur fils, ça fera trois, plus les cousins Henri, ça fera deux en plus, peut-être trois s'ils amènent leur homme de peine. Avec nous ça fera quatorze, quoi ! On mettra le pépé à table si on est treize. Il y en a qui ont peur de ça, ajouta le Memling en ricanant sauvagement on ne sait pourquoi.

Un tel rire glaça la petite troupe pourtant hilare à la perspective d'aller se coucher. Mais Diane se secoua vite. Portée par le doux hélium de la réussite et de l'aménité, elle flotta comme une maigre montgolfière jusqu'à sa chambre où elle s'abattit sur le lit et se mit à ronfler sans avoir eu le temps de dire même bonsoir à la pauvre Luce. Celle-ci, quoique exténuée par des travaux plus variés et plus longs, dut encore lui enlever sa tenue lie-de-vin minée de boutons-pression. Il fallut à la jeune femme, pendant ce déshabillage, toute la profondeur de sa bonté ou de son apathie car une sorte de vent furieux s'était emparé d'elle lors du fameux raid sur le fromage. Et si elle avait admiré l'imagination et le courage de Diane, elle avait beaucoup moins apprécié le partage qu'elle avait fait ensuite de son butin, tenaillée qu'elle avait été pendant toute la journée par cette sensation inconnue et braillarde qu'elle ignorait être la faim. Ce soir-là, c'était une louve qui avait vu ce brie partir dans le seul palais de Diane Lessing. Quoi qu'il en soit, il lui faudrait attendre le déjeuner du lendemain.

Luce rompue, affamée, comblée, ôta ses vêtements et se glissa dans la portion de lit que lui avait laissée Diane, une petite place en quinconce fort peu confortable où elle s'endormit très vite à son tour. Car aussi flamboyant et délicieux que fût le présent, elle n'en faisait pas pour autant le moindre plan pour le futur, pas plus qu'elle n'en faisait quand il était désagréable. Luce était une de ces femmes qui vivent au jour le jour, espèce aussi rare d'ailleurs dans son sexe que dans l'autre.

Quant à Loïc, ne se résignant pas à dormir avec ce couple étrange sur un des coins du sommier ou du matelas, il alla se coucher dans le foin conformément aux romans de boys-scouts qu'il avait dû lire à l'âge idoine et dont il ne se rappelait strictement rien.

CHAPITRE VII

En ne jetant ses cocoricos que peu avant l'heure fixée pour le petit déjeuner, le coq des Henri fit preuve le lendemain matin, pensa Loïc, d'une compassion et d'un bon sens rarement observés chez les gallinacées. Tout le monde se retrouva dans la grande salle : du côté des Henri, le Memling toujours égale à elle-même dans son tablier noir et son fils Maurice, vêtu d'un tricot de corps neuf et le pied proprement bandé, appuyé sur un bâton noueux ; du côté Paris, Diane Lessing portant un pantalon à damiers noirs et blancs monté comme une salopette sur un strict chemisier en soie noire qui aurait alourdi la silhouette de n'importe quelle moissonneuse. Luce avait revêtu un juvénile chemisier à fleurs dans une jupe à trois panneaux qui semblait aussi facile à ouvrir qu'à fermer. Quant à Loïc, il arborait une superbe chemise Lacoste rayée bleu et blanc sur un pantalon de toile bleu marine prévu pour parader sur le pont du navire.

A peine étaient-ils assis que les premiers arrivants, les Fabert, firent leur entrée. Ferdinand Fabert était un homme corpulent et ouvert que l'on disait colérique dans le pays mais, selon Maurice, on ne l'avait jamais vu écraser une mouche. Que cette réputation en fût la cause ou la conséquence, il arborait en effet une expression de sauvagerie et de férocité d'autant plus impressionnante que Josepha Fabert avait, elle, tout de la fourmi battue typique.

— Salut bien ! dirent-ils d'une même voix comme deux duettistes parfaitement au point et Loïc eut envie de rire mais se borna à répondre par un « Salut bien ! » et un hochement de tête aussi vigoureux que les leurs.

— Asseyez-vous ! Asseyez-vous bien ! dit Arlette. Vous allez prendre le café à cette heure, hein !

— Ah ça ! dit Diane en papillonnant des yeux comme une jeune ingénue et en fixant Ferdinand Fabert qui ne cilla pas mais posa simplement sur elle son regard de fauve. Ah ça, on va en avoir besoin, d'un bon café !

Et elle désignait la chaleur d'un geste qu'elle voulait large mais qui ne pouvait viser que la seule lucarne et la porte à présent fermée. Chacun jeta un regard dans ces directions comme pour y découvrir quelque ennuyeux contretemps mais, ne voyant rien, détourna les yeux.

— Le temps de venir de chez nous, la chemise à Ferdinand était trempée de partout ! confirma la femme Fabert.

— Sûr que sa chemise elle est à tordre, appuya Maurice. Avec le poids qu'il tire, le pauvre Ferdinand !

Les quatre paysans s'esclaffèrent et les Parisiens sourirent niaisement mais à l'aveuglette. Ce fut Maurice, son hilarité une fois calmée, qui les éclaira.

— Les Fabert ont un vélo et une remorque ! C'est le Ferdinand qui pédale et c'est sa grosse femme qui se met derrière ! dit-il en montrant le petit tas d'os, de cheveux et de muscles dénommé Josepha Fabert, laquelle sourit et haussa les épaules pour dédramatiser sa maigreur comme elle l'eût fait pour le contraire à Paris.

— On sent bien qu'il ne va pas faire très froid ! lança Luce dans une de ses rares flambées d'imagination qui fit que tout le monde la regarda avec approbation mais sans entrain.

— J'irai-point ne vient pas travailler chez vous aujourd'hui ? demanda Josepha à Arlette.

Bien qu'averti, Loïc resta stupéfait de ce tam-tam mystérieux qui, dans les campagnes, prévenait chacun de ce que faisait chacun, de cette A.F.P. réussie qui fonctionnait sans engin de transport, sans fil téléphonique et, semblait-il, sans même le moindre messager. Ou bien était-ce leur Memling avec son air sérieux qui, tous les soirs, envoyait à l'aide de sa lampe de poche des signaux lumineux dans la nuit des campagnes, pour raconter les aventures et les folies de ses quatre Parisiens à la Beauce tout entière ? Comme un gigantesque dessin animé à l'usage des agriculteurs dont ils seraient les héros comiques et burlesques. Loïc sourit à cette idée et Arlette, qui le vit sourire, le désigna aux nouveaux venus d'un air important.

— Monsieur Loïc... c'est lui qui s'occupe maintenant de la moissonneuse, dit-elle avec un respect comminatoire.

Et Loïc comprit qu'il était, grâce à son engin, parvenu à un statut que le Quai d'Orsay ne lui avait jamais procuré. Certes il avait toujours été doué pour la mécanique mais il avait eu si peu d'occasions de le prouver...

— La prochaine fois qu'un de mes tracteurs déraillera, je vous ferai signe ! lui souffla Diane à l'oreille.

Elle était ravie de la présence de ces Fabert, visiblement, elle en avait les yeux tout brillants. La moindre présence étrangère l'excitait toujours, faisait son bonheur. Son goût des mondanités s'épanouissait même dans cette ferme. Elle redoubla de salamalecs lorsque la porte s'ouvrit et qu'entrèrent en file indienne une femme qui ressemblait follement à Arlette mais avec dix ans de moins, un homme au visage sévère qui aurait pu sortir de Polytechnique et un troisième personnage à l'air sournois, totalement antipathique, et qui se révéla être le cousin du malheureux maître de maison — actuellement retenu par des barbelés loin de ses cultures.

— Voilà le cousin de mon mari, Bayard Henri, dit Arlette rapidement, le visage contracté. Et puis voilà ma sœur Odile Henri et leur valet Jeannot.

Les trois personnes ainsi présentées s'alignèrent sur un rang et hochèrent la tête, les yeux baissés dans la direction des Parisiens. Le plus frappant étant le cousin Bayard qui ricanait sans cesse sans que l'on sache si c'était par timidité ou par méchanceté. Il avait trente ans, l'air faux et des touffes de poils posées de-ci de-là sur le corps, inopinément, semblait-il.

— Salut bien! ajouta-t-il sans nécessité en jetant vers les seins de Luce un regard louchon et salace qu'il détourna aussitôt, toujours en ricanant, et qui en parut du coup deux fois plus obscène.

— Permettez que je nous présente à notre tour! dit Diane souriante.

Elle se sentait l'image même de la bonne grâce, de la courtoisie française. Et elle imaginait déjà la façon dont elle décrirait cette scène, plus tard, dans son milieu.

— Je commencerai par moi-même, comme il se doit. Je m'appelle Diane Lessing, domiciliée à Paris, sans profession bien définie, je l'avoue. — Et elle eut un petit rire de gorge qui fit se dresser sur la tête et les bras de Loïc Lhermitte quelques cheveux et poils qu'il n'avait jamais vus ni crus si nombreux. Déjà Diane enchaînait : — Quant à cette jeune femme, c'est Luce Ader, épouse d'un brillant homme d'affaires parisien qui nous attend actuellement avec beaucoup d'angoisse à Lisbonne. Je continuerai par Loïc Lhermitte, haut fonctionnaire puisque diplomate, qui prend soin de nous depuis le début de ces péripéties, non sans mérite, je le reconnais. Enfin peut-être tout à l'heure pourrai-je vous présenter notre ami Bruno Delors, un jeune fou mais qui a les excuses de son âge. Voilà pour notre petit groupe !

Il y eut un silence ébahi mais sans révolte ni raillerie, remarqua Loïc avec soulagement. C'était vraiment une belle province paisible et confiante que la Beauce et qu'il se rappellerait toute sa vie, se dit-il... Surtout lorsqu'il vit Diane décocher à Arlette Henri le clin d'œil triomphant, affectueux, ravi, de l'invitée-boute-en-train à une maîtresse de maison tout à l'heure inquiète et maintenant grâce à elle rassurée. A cela près que le Memling semblait sans inquiétude quant à l'ambiance de sa réception ou à la bonne humeur de ses invités et plus préoccupée de leur fournir un râteau et une fourche qu'un sujet de conversation. Elle leur re-servait du café, de bol en bol, dans une deuxième tournée dont on pouvait penser à son expression qu'elle serait aussi la dernière.

— Bon... Alors, qui va chercher Meningou et... votre ami, là ?

— Ah, mais quoi donc ! Ils ne sont point encore levés, à cette heure ? s'écria le duplicata d'Arlette Henri, tout en jetant un regard indigné à la pendule, laquelle indiquait effectivement qu'il était près de huit heures moins le quart du matin.

A cette vue, Loïc sentit sa mémoire se réveiller et s'insurger en lui tous les chers souvenirs d'un homme paresseux, fêtard et noctambule, lequel homme acceptait depuis vingt-quatre heures les coutumes et les sentences des fermiers Henri, avec autant de docilité que jadis celles des Faucigny-Lucinge.

— Bruno... notre ami a attrapé hier une grosse insolation en faisant son footing, protesta Luce d'une voix pleurnicharde.

— C'est vrai qu'il a l'air en mie de pain, votre ami, confirma Maurice.

Luce lui jeta un regard de tendre reproche. Bayard Henri surprit ce coup d'œil et en déduisit mille choses tout à fait exactes. Cela décupla son rictus au point de découvrir ses canines supérieures, chez lui très jaunies et très inclinées, ce qui le rendit froidement révoltant aux yeux de Diane : un minimum d'esthétique était, selon elle, exigible chez tout être humain vivant en société... (le genre de maxime dont Diane, si par hasard elle se présentait dans la conversation, faisait volontiers son cheval de bataille). Elle éprouvait comme tout le monde un vif sentiment d'antipathie pour Bayard Henri mais, au contraire de s'en défendre, s'y complaisait comme à l'expression d'un instinct très sûr : son flair.

Elle se glissa vers Arlette qui rangeait soigneusement son pain, ses tasses et sa cafetière dans le bahut pour lui souffler :

— J'espère que vous ne m'avez pas mise dans la même équipe que votre cousin Bayard !

Arlette lui jeta un regard surpris, ouvrit la bouche mais Ferdinand qui s'était dévoué rentrait dans la salle portant littéralement Bruno sous le bras gauche et dirigeant J'irai-point de sa main droite, par l'échine.

— Il n'a pas l'air bien parti pour la faux, celui-là, dit-il en déposant le pauvre Bruno sur son tabouret habituel (d'où il recommença à glisser comme la veille mais où Loïc, compatissant, vint le tourner et le caler contre la table). Bruno était vert pâle, transpirait à grosses gouttes et promenait autour de lui un regard égaré.

— Ça, c'est une insolation à étages ! décréta Diane d'un ton renseigné et définitif qui attira l'attention.

— Qu'est-ce que c'est que ça ? demandèrent plusieurs voix.

— Une « insolation à étages » est une insolation qui se nourrit d'elle-même et qui peut durer trois, quatre ou cinq jours. C'est une expression marocaine. Elle nous a été apprise, à mon second mari et à moi-même, par le sultan de Fez qui, un printemps, nous avait invités chez lui. Le malheureux avait attrapé, donc, cette insolation et avait dû passer trois semaines à l'hôpital... enfin dans son hôpital, pendant que nous habitions, nous, dans son palais.

« Un luxe, ces Arabes ! confia-t-elle plus bas à l'oreille de Josepha assise près d'elle. C'est peut-être clinquant, c'est peut-être trop mais c'est quand même superbe ! Vous me direz tout ce que vous voudrez ! » ajouta-t-elle. Malheureusement, Josepha ne dit pas à Diane tout ce qu'elle voulait lui dire sur le luxe arabe car Arlette avait enchaîné sèchement : « Oui mais, en attendant, ça ne m'arrange pas, moi, cette insolation à étages ! »

Loïc et Diane et Luce prirent l'air coupable et gêné (ce qu'ils étaient d'ailleurs vraiment puisque responsables officiels des carences de Bruno, responsables convaincus maintenant qu'ils connaissaient le poids et l'importance de leurs rôles respectifs).

— Bon, dit Ferdinand avec autorité, bon, alors les

hommes, on va se débrouiller à quatre. On se met deux en bas à monter le foin sur les charrettes et deux en haut pour le tasser. Donc, deux en bas et deux en haut, qu'on change toutes les heures à cause des reins. D'accord? Arlette et Madame Diane, dit-il en les saluant de la tête, s'occupent de la cuisine. Ça reste à faire, ça aussi. Les autres femmes, elles n'ont qu'à passer après nous et ramasser le blé perdu. Là-dessus il se détourna (il y avait des dames) et jeta un long jet de salive brunâtre sur le sol derrière lui.

— Et quels champs vous n'avez pas encore moissonnés? demanda-t-il ensuite à Loïc, de professionnel à professionnel.

Loïc prit l'air satisfait du vrai crétin, constata Diane au passage.

— J'ai fait les trois champs, là, en bordure du chemin et j'ai commencé le quatrième près de la fausse combe. J'ai eu du mal, il y a des cailloux partout...

Le pauvre en bégayait.

— Ben, vous n'aurez qu'à finir celui-là pendant qu'on ramasse les premiers, dit Ferdinand.

Et sans méchanceté il ajouta: «Allez! En route, mauvaise troupe!...»

— Je vous accompagne quand même, dit Maurice. Je pourrai conduire les chevaux, au moins, et puis montrer à Mademoiselle Luce, aussi... pour suivre la moissonneuse...

Il avait l'air si malheureux et si humilié par son infirmité provisoire que Loïc lui envoya un sourire compatissant, qu'à sa grande surprise le garçon lui rendit avec gratitude. Il eut l'air d'un enfant tout à coup. Et Loïc fut de nouveau sensible à son charme.

— Personne de vous n'a un appareil photo? demandait Diane en souriant. Parce qu'on ne nous croira jamais à Paris! Moi en glaneuse et Loïc sur sa faucheuse-lieuse-tapeuse! Ah non! Il nous faut des preuves! Je vous assure!...

Et comme on ne lui répondait pas, elle ajouta: « On n'a pas besoin d'un Leica, hein! Le moindre petit Kodak fera l'affaire! » avec simplicité et gentillesse. Mais il semblait que personne n'aimât la photo dans la Beauce car on ne lui répondit pas.

Là-dessus tout le monde se mit debout et se dirigea vers le seuil d'où, dès huit heures du matin, arrivait déjà une chaleur agressive. Mais la voix en pleine mue de J'irai-point freina l'élan général.

— Ben non! J'irai point aux champs, moi. J'veux point le laisser seul avec elle!

La voix de J'irai-point avait cette acuité et cette portée troublantes des idiots, qualités qui diminuent avec l'âge comme l'idiotie d'ailleurs et qui, jointes à la passion contrariée, déroutèrent tout le monde.

Les moissonneurs firent demi-tour, à l'exception de Ferdinand, et le regardèrent, ébahis, tendre un bras accusateur vers Diane Lessing, stupéfaite elle aussi (mais pas pour longtemps).

— J'veux pas, j'vous dis ! J'veux pas ! Y a qu'à voir comment qu'elle le regarde !

— Mais qu'est-ce qu'il ne va pas inventer ! s'exclama Arlette Henri, indignée.

— Ce garçon est fou furieux ! dit Loïc, amusé.

— Ah mais enfin, il faut le faire taire ! C'est un menteur ! renchérit Luce.

— Mais... mais ? Voyons ! Est-ce que je rêve ? Luce, ma chérie, dites-moi que je rêve !

La voix dolente, craintive, timide, de Diane Lessing, censée faire admirer aux moissonneurs le contrôle et la patience des Parisiens, fit frémir Loïc et Luce qui la reconnurent aussitôt comme l'estafette des grandes tornades. Ils rentrèrent tous les deux la tête dans les épaules et échangèrent un regard d'encouragement.

— Est-ce que je rêve ? Ou ce garçon m'accuse-t-il de mauvaises pensées pour ce pauvre jeune homme, pour ce Bruno Delors que je connais — lui et sa mère —, depuis plus de vingt ans ?...

— Ça fait rien. J'veux pas vous le laisser ! s'entêtait J'irai-point.

— Voyons, Monsieur ! Soyez sûr qu'en effet, si j'avais vingt ans, vous ne devriez pas me laisser avec Bruno Delors. C'est le plus joli garçon de Paris, il est apprécié pour cela par toutes les femmes de la capitale; sachez aussi que toutes se battent pour l'entretenir mais qu'il n'a jamais, mais jamais regardé un autre garçon!

— Mais... dit J'irai-point, tout rouge, mais...

— Et qu'il fallait être vicieux et vigoureux comme vous l'êtes pour profiter de cette insolation. Il a dû vous prendre pour une femme. C'est la seule explication!

Devant l'expression incrédule du public, passionné quoique un peu choqué par le métier avoué de Bruno, et l'air franchement hilare de Loïc, elle rectifia: «Il est vrai qu'il fallait une insolation gigantesque pour vous voir en membre du sexe faible, je l'avoue. Mais, sinon, cela veut dire que vous l'avez forcé! Oui Monsieur! Forcé! J'ignore quelle est votre réputation dans ce pays mais elle ne doit pas être irréprochable! Je me trompe?» demanda-t-elle, brusquement tournée vers Arlette qui sursauta. La voix rythmée, l'accent de vérité et de colère qui avait agité Diane dans sa salopette à carreaux comme dans une toge romaine, l'avaient fascinée. C'était mieux que la radio! Mais là, elle ne savait que dire ni que faire, sinon s'étonner. J'irai-point faisant de mauvaises façons à ce beau jeune homme si vaniteux et si arrogant?... Elle se tourna vers lui.

— Meningou! Tu as fait des choses à Monsieur?

— Des choses?

— Oui, des choses. Ne fais pas l'idiot. Des choses comme au vicaire.

— Mais quel vicaire ? s'exclama Diane, ravie de ce passé affriolant.

Loïc lui faisait signe de se taire. Meningou s'était redressé, l'œil rond et les joues rouges.

— Mais j'y ai rien fait à Monsieur Bruno ! D'abord y voulait pas ! Et puis moi non plus ! Et puis lui, y voulait tout me donner et j'ai tout refusé. Y voulait même me donner des chèvres et des dattes et j'ai dit non à tout, à tout ce qu'il voulait me donner... alors !...

— A tout sauf à sa montre, dit Arlette sévèrement.

— Oui, sauf la montre. Faut dire que j'aime pas trop les dattes, se justifia l'accusé.

Arlette se tourna vers Diane. Elle semblait soulagée par ces explications mais navrée aussi par le temps perdu. Les moissonneurs, égayés, se rappelèrent leur devoir et repartirent vers la porte.

— Bon, dit Arlette à Meningou, tu as entendu ce qu'a dit la dame ? Elle non plus, elle n'en veut pas de ton copain. Alors maintenant tu le laisses tranquille et tu vas au travail. Allez, va !

— Allez, viens, dit Ferdinand d'une voix autoritaire.

Et Meningou, au bord des larmes, les suivit en marmonnant des choses incompréhensibles.

— Mais qui vous dit qu'il ne ment pas, demanda

Diane à Arlette, une fois qu'elles eurent remis le pauvre Bruno, de plus en plus réduit au rôle de marionnette, et une marionnette bien flapie, dans son lit avec une tisane au tilleul, et qu'elles eurent commencé à éplucher un légume inconnu de Diane et qui, à son avis, aurait pu le rester.

— Meningou, dit Arlette, il ne ment jamais ! Il ne peut pas mentir, le pauvre !

Elle avait prononcé ces mots avec calme comme si elle présentait un cas classique de la psychiatrie en même temps qu'une triste maladie.

— Qui était ce vicaire ?

— Un petit séminariste qui était bien craintif, le pauvre, allez ! Bien plaintif, aussi. Le curé, il ne savait pas quoi lui dire pour le consoler.

— Le consoler de quoi ?

— J'irai-point avait... l'avait empoigné... C'était un jour d'orage. Ça, c'est ennuyeux avec lui, quand il de l'orage il faut ranger les enfants et les jeunes. Le reste du temps, il est... tranquille. Vous faites des épluchures bien trop grosses, Madame Diane, dit Arlette. Il n'en reste plus rien de mes courgettes !

— Des courgettes ? Ce sont des courgettes ça ? Je ne les voyais pas comme ça, les courgettes, c'est drôle...

— Et comment vous les voyiez, les courgettes ? Vous n'en aviez jamais vu avant ?

— Je n'en avais jamais vu en effet, sinon en gratin.

— Eh bien, aujourd'hui aussi vous les verrez en gratin ; mais avant vous les aurez vues en vrai. On a toujours quelque chose à apprendre, ma pauvre dame, vous savez.

— Hé oui, hé oui, dit Diane avec une mélancolie à peine simulée.

Finalement, après en avoir eu très peur, elle éprouvait de l'affection pour Arlette Henri. (« Que ce prénom lui allait mal ! ») Elle aurait aimé avoir une amie comme ça à Paris, quelqu'un de « straight », se dit-elle en anglais — comme chaque fois qu'il lui manquait un mot et qu'il y avait quelqu'un auprès d'elle parlant anglais suffisamment pour apprécier son bilinguisme : autrement, si le mot lui échappait et qu'elle soit seule, elle laissait tout tomber —, se dit-elle avec remords. Ce qu'il y avait de bien à la campagne, c'est qu'on avait le temps de se faire un peu de conversation à soi-même ; c'était assez rigolo et sûrement très bon pour l'esprit. Très sain. A Paris, elle tâcherait de continuer. A Paris ou à New York. Mon Dieu, ils ne savaient même pas dans quelle capitale ils seraient la semaine prochaine, à dix mille ou à cinq mille kilomètres de leur pays et dans quelque prison, peut-être. Et elle était là à s'émerveiller sur la Beauce ! André ! André Ader ! Il lui fallait absolument retrouver André Ader ! Lui dire qu'ils étaient vivants, qu'il ne reparte pas sur son bateau en les laissant là, dans une ferme ou ailleurs, et sans beaucoup de sous (elle ne vendrait jamais ses bijoux dans la nécessité ! Ça, elle l'avait juré à chacun de leurs donateurs, ses maris ou ses rares amants. Elle se l'était juré aussi à elle-même. C'était trop bête de vendre des bijoux quand on était pressé, on perdait la moitié ou les trois quarts de leur valeur au bas mot. Les bijoux et le reste, d'ailleurs : les fourrures aussi. Seulement pourquoi vendre ses bijoux si ce n'était pas urgent ? Bref, il ne fallait pas se retrouver dans un état d'urgence, c'était tout !).

— Vous croyez que je mets les légumes dans un autre plat que les poulets ? Ça fait mieux ?

Arlette avait l'air troublée. Ces raffinements que lui avait suggérés Diane finissaient peu à peu par la convaincre. Elle commençait à chercher le mieux n'importe où et c'était touchant. Diane prit sa voix décidée, sa voix qui faisait fuir les poules dans le poulailler :

— Mais bien sûr ! Il faut déjà séparer les quatre poulets selon leurs morceaux : on mettra les blancs d'un côté et les cuisses de l'autre. Ainsi, pour une fois, les gens pourront manger ce qu'ils aiment vraiment sans se tromper !

Arlette hochait la tête. Avec de la logique on pourrait lui faire faire ce qu'on voulait à Arlette dans sa ferme, même la transformer en rendez-vous de chasse ou en bordel. Finalement, à se voir en cicerone, Diane était enchantée.

— Dites-moi, Arlette... je m'excuse de ma question, mais... vous avez perdu tous vos cheveux ? Il y a longtemps ?

— Quoi donc ? Mais j'ai tous mes cheveux !

Elle avait l'air vexée, le Memling. Ce qui l'humanisait beaucoup.

— Comment voulez-vous que je le sache avec ce foulard perpétuel ? Montrez-moi si c'est vrai, dit Diane en riant.

Dix minutes plus tard, Arlette avait les cheveux en chignon, un rouge à lèvres transparent et le cou légèrement dégrafé. Trois détails qui en faisaient une femme, songeait Diane, satisfaite de ses talents et émue de son bon cœur. Il était dommage qu'elle eût refusé toutes les petites tenues proposées — le tailleur de Balenciaga était très strict et lui aurait admirablement convenu — mais elle avait été inflexible même envers le pantalon feuille morte et la veste de daim tout à fait « chasse » et d'une coupe très « simple ».

La reconnaissance ne l'étouffait pas, d'ailleurs, cette chère Arlette. Une heure plus tard, elle envoya son pygmalion nourrir les bêtes. Diane partit donc, chargée de quatre gamelles, trébuchant sur les talons pointus de ses bottines de chevreau.

Si tout se passa bien avec les volailles, elle connut quelques difficultés avec les cochons qui, de leur auge, l'attendaient en poussant des grognements derrière une porte basse. Diane devait se pencher pour poser entre eux son plat — du son mouillé avec de l'eau — mais ils se pressaient tellement vers elle que la chose lui fut impossible. Elle décida alors de mettre le plat par terre, d'ouvrir la porte et de le faire glisser du pied vers eux tranquillement. Seulement un jeune cochon — « le goret », se rappela-t-elle par un hasard extravagant —, un goret donc, plus vivace que les autres, se jeta dans l'entrebâillement de la porte dès qu'elle y introduisit son plat, semblant plus s'intéresser à sa liberté qu'à la nourriture. Deux ou trois fois, Diane trouva cela plutôt rigolo et même, toujours avec son public imaginaire derrière elle, lança à la bête des « Veux-tu bien... », « Petite canaille... », des plus amusés. Mais quand, à la quatrième tentative, culbutée littéralement par cet animal, elle se retrouva assise à terre dans sa salopette à damier tandis que le goret essayait de filer par-dessus ses frères et sœurs, elle se mit, de désespoir, à pousser des cris aigus... des cris de détresse plus que de commandement qui, par bonheur, effrayèrent la bête et lui firent rejoindre précipitamment ses congénères déjà attablés.

Le front trempé de sueur et la jambe tremblante, sa salopette tachée mais debout, Diane Lessing repartit se changer dans sa chambre. Finalement, se demandait-elle en enlevant sa belle tenue abîmée, avait-elle eu de la chance ou pas en trouvant cette ferme ? Ils avaient échappé aux fusillades, à cet exode qui n'en finissait pas, peut-être n'auraient-ils fait que cinq kilomètres de plus à l'heure actuelle, mais peut-être aussi que ses compatriotes étaient tous arrivés où ils voulaient aller. Peut-être eux-mêmes auraient-ils déjà été tout près de Lisbonne à l'heure actuelle ? Comment savoir ? Par droit divin, Diane pensait que tous les hasards étaient des hasards qui lui servaient mais là, le chapitre du goret lui avait fait perdre beaucoup de sa superbe et donc de son optimisme. Et sur qui compter entre Loïc qui s'intéressait maintenant à la mécanique et Luce qui flirtait avec ce jeune paysan ? Aucun d'eux ne paraissait spécialement pressé de repartir. Sauf elle. Elle et ce pauvre Bruno qui avait peut-être échappé à un viol honteux mais pas à une insolation carabinée. Resterait-il gâteux longtemps ? En attendant, il fallait qu'elle chasse ces tristes pensées, qu'elle aille aider Arlette pour ce déjeuner de quand même quatorze personnes. Toute sa vie elle avait eu, pour mettre un frein à ses soucis sérieux, des mondanités ou des obligations qui la forçaient à prendre sur elle. Et heureusement, se dit-elle.

CHAPITRE VIII

Arlette était tellement plongée dans ses fourneaux qu'elle n'avait pas pensé à faire sa table. Mais Diane veillait au grain et poussa le raffinement jusqu'à mettre un petit carton devant chaque convive. La maîtresse de maison présidait avec son fils Maurice, lui-même entre les deux Parisiennes, pendant qu'Arlette, elle, avait près d'elle Loïc et aurait eu Bruno si celui-ci avait été en meilleure santé. Il fut remplacé par le cousin Bayard, Diane ayant choisi le puissant et inquiétant Ferdinand. Comme ils étaient cinq femmes et sept hommes, elle avait froidement installé côte à côte les deux personnages les moins bavards et les moins brillants de l'assemblée, J'iraipoint et le valet de ferme, surnommé Jojo. En écrivant «Jojo» sur son carton, Diane riait mais modestement. Dans le Tout-Paris il y avait bien Yé-Yé et Zouzou : il faut dire, bien sûr, que c'était Yé-Yé de Montague et Zouzou Prélevant. Enfin, Paris c'était Paris naturellement.

Rougeauds, transpirants, courbés en deux, éreintés, les moissonneurs rentrèrent à midi tapant. Il fallut les ravitailler en eau et en vin coupé pendant dix bonnes minutes avant qu'ils puissent parler. Puis on les mit à table. Et le début du repas fut tellement silencieux qu'il rappela à Diane un pénible et récent mariage.

Le déjeuner commençait par une tranche énorme de pâté et des saucisses : « un étouffe-chrétien », pensait Diane mais Arlette n'avait pas écouté ses suggestions de carottes râpées et d'artichauts crus, pourtant tout aussi faciles à « préparer ». Diane fit donc comme tout le monde et se servit copieusement.

— C'est délicieux, ces cochonnailles, dit-elle de sa voix de tête, dans un silence épuisé uniquement coupé par le bruit des couverts et celui, plus déplaisant, des mâchoires. Vous les faites vous-mêmes ?

— Bien sûr qu'on fait le cochon nous-mêmes ! s'écria Ferdinand qui se ranimait peu à peu. On en trouve, du pâté comme ça, chez vous, ma petite dame ?

— Ah non, c'est bien vrai ! N'est-ce pas, Loïc ? Vous vous souvenez d'une terrine aussi exquise que celle-ci ?

— Sûrement pas !... s'écria Loïc. C'est très très bon, très...

Il renonça à son adjectif et avala sa tranche avec la même rapidité — sinon le même bruit — que ses collègues. Loïc Lhermitte qui à Paris rechignait devant tout plat en sauce !...

— Et ça se passe quand, l'exécution... enfin la mort de ce pauvre cochon ?

— En octobre. Il faudra que vous reveniez ! dit Ferdinand, en Beauceron hospitalier. Vous verrez, le boudin frais, ce n'est pas rien ! Le sang que vous avez vu couler tout droit du cochon le matin, vous le mangez grillé à midi !

Diane était toute pâlotte.

— Mon Dieu, dit-elle, en effet... en effet, cela doit être rassurant...

— Et les abats alors ! Ce qu'on appelle les tripes, ce n'est pas comme chez vous. Ah là, faut voir ! Nous on prend la tripe directement dans le...

La description du cochon et de ses entrailles faillit avoir raison de Diane. Heureusement les poulets arrivèrent sur la table et la conversation se tourna vers eux, qui avaient des appas et des abats moins spectaculaires à évoquer.

— Si vous trouvez des plumes, ce ne sera pas ma faute, prévint Diane.

— Ce n'est pas vous qui les avez plumés ?

— Non, justement pas. Mais j'y étais condamnée

par le Mem... par Arlette, veux-je dire. J'étais affolée ! Comment voulez-vous arracher les plumes à ces pauvres bêtes ! C'est comme si on vous arrachait les cheveux un par un !

— Peut-être bien que si j'étais mort je m'en ficherais, déclara Ferdinand. On ne les plume pas vivantes, les poules ! Mais vous ne savez pas les tuer en plus, je parie ? Vous voulez que je vous montre ?

Et Ferdinand se pencha, attrapa l'un des volatiles circulant sous les pieds de Diane qui ne s'en étonnait déjà plus mais qui écarquilla des yeux horrifiés quand il posa la bête agitée et hurlante devant eux.

— On les prend par le cou, comme ça. Et cric...

— Oh non, non ! cria Diane. Non, non... je vous en prie ! Pauvre bête ! Vous allez me couper l'appétit. Je vous en prie, cher Monsieur !

— Appelez-moi Ferdinand alors !

— Je vous en prie, cher Ferdinand, minauda Diane mais sa voix chevrotait.

— Veux-tu laisser mes poules tranquilles, grand couillon ! cria Arlette.

Ferdinand, avec un clin d'œil, relança la poule miraculée, laquelle en effleurant Luce de ses pattes au passage lui arracha des cris aigus.

— Ben alors, vaut mieux que vous arriviez après la mort du cochon, en déduisit Ferdinand. Il crie comme un putois, cette bête. On n'entend que lui à un kilomètre à la ronde pendant dix minutes, hein Maurice ?

— Ça, pour crier, il crie, confirma celui-ci qui avait l'œil rêveur et la jambe entre les jambes de Luce.

— Finalement, dit Diane de sa voix sérieuse, il y a une sorte de... violence, non, dans la vie agricole, dont on ne se doute absolument pas à la ville... !

— En ville, vous passez votre temps à vous écraser en voiture. Il n'y a pas de cochon à saigner, mais il y a des piétons !

C'était le cousin Bayard, toujours antipathique, qui jouait les globe-trotters.

— Vous avez une notion très pessimiste de la circulation, dit Diane sèchement. Les dangers sont minimes...

— Ah ben oui ! J'y suis monté une fois dans votre Paris, moi, il n'y a pas longtemps, et quatre fois j'ai failli me faire déquiller. J'ai vu une femme raide aplatie dans la rue. De mes yeux, je l'ai vue. A la Tour Eiffel, encore !

— C'est un manque de chance, reprit Diane. Je vous assure...

— Moi, je vois ce que je vois, dit le cousin teigneux. Et non seulement elle était écrasée, la pauvre femme, mais il y avait des douzaines d'automobiles bout à bout les unes les autres, on ne pouvait pas avancer, j'ai dû rentrer à pied jusque chez moi. Ça faisait une trotte, je peux vous dire !

Il y eut un silence. Loïc s'apprêtait à vanter quand même les charmes de Paris mais la vue du visage congestionné de Diane le dissuada d'ajouter son mot à l'affaire. Elle était lancée :

— Eh bien, tout ce que je peux vous assurer, cher Monsieur, puisque vous ne voyez que ce que vous voyez, c'est que vous avez vu un suicide et un embouteillage, point final. Et si vous n'avez vu que ça dans notre capitale, vous êtes effectivement à plaindre !

Enchantée d'elle-même, elle détourna la tête d'un air sec et fit semblant de s'intéresser aux propos de l'illuminé, l'amoureux de Bruno qui depuis cinq minutes lui tirait désespérément la manche.

— Qu'est-ce qu'il y a encore ? demanda-t-elle d'un air vainqueur.

— Puisque vous le voulez pas, pourquoi vous me le donnez pas ? demandait l'autre dégénéré.

Décidément il était obsédé, ce garçon !

— Vous êtes complètement... vous vous êtes trop échauffé au soleil, se rattrapa-t-elle devant le coup d'œil sévère de Loïc, lequel lui rappelait à point nommé qu'il ne fallait jamais parler de la folie aux fous ; genre de conseil que l'on vous donnait généralement d'un air confidentiel et sévère comme si, de soi-même, on allait parler de ses durillons à un amputé, de ses poumons à un tuberculeux ou de Frankenstein à un laideron.

Quand même, ce pauvre Bruno avait fait d'autres conquêtes à Paris, dans le temps, et de plus brillantes... Guérirait-il de cette terrible insolation à étages ? Ce serait gai d'arriver à New York avec un égaré incandescent au bras... Au bras...! enfin : à la main, oui... ! Pour le ramener à sa mère, après, dans cet état ! Bien sûr on pourrait raconter que c'était un accident, une fêlure du crâne, une balle allemande récoltée alors qu'il pourchassait avec son fusil un Stuka hostile... mais enfin l'héroïsme n'excusait pas l'hébétude.

— Pourquoi vous ne le lui donnez pas, votre pâté, à ce garçon, puisque vous ne le mangez pas, dit Ferdinand. Puis, à l'adresse d'Arlette : Madame Diane trouve ton pâté si bon qu'elle ne veut en donner à personne. Remarquez, j'aime bien ça, un bon coup de fourchette, chez une femme, dit-il avec étourderie vu l'état squelettique de sa voisine et de sa femme.

Ou peut-être était-ce le geste qu'il aimait ? se dit Loïc.

Diane rougit de son erreur mais, le vin rouge aidant, elle repartit dans son rôle de sociologue et demanda à Ferdinand, son voisin moustachu, ce qu'il pouvait bien faire le soir pendant l'hiver, quand la neige et les frimas l'empêchaient de sortir aux champs.

— Vous ne vous ennuyez pas, le soir, vers six

heures, quand le jour tombe? Vous n'avez pas un petit spleen?

Non, Ferdinand n'avait pas de petit spleen, semblait-il. Il riait même plutôt en la regardant.

— Ben non, vous savez... D'abord il y a tout à arranger. Tout ce qui a cassé l'été, les harnais, les outils... et puis pour ceux qui ont la chance d'avoir dans leur lit une petite femme bien chaude dans votre genre, ça ne paraît pas long, hein, l'hiver... ça passe vite, même!

Diane cilla, posa ses couverts et émit un petit rire étranglé. Bien entendu, elle avait reçu des compliments divers au cours de sa vie. On avait vanté son élégance, sa classe, sa race, son esprit, voire même son charme, mais c'était vraiment la première fois qu'un homme l'évoquait comme « une petite femme bien chaude ». Elle en était stupéfaite et, il faut bien le dire, enchantée. Elle trouvait même ce compliment dans la bouche de cet homme plutôt rustre et ingénu très, très étonnant, car enfin ce sens du marivaudage, cette sensualité polie étaient tout à fait innés. On ne pouvait pas dire que cet homme ait appris les bonnes manières de qui que ce soit! Le seul ennui du dit compliment, c'est qu'elle ne pouvait indiscutablement le répéter à personne. Elle imaginait la tête de Loïc si elle lui parlait d'elle-même comme d'une petite femme bien chaude! Même lui, Loïc, pourtant si discret, ne résisterait peut-être pas à l'envie de le raconter. Et Paris, alors!... Elle n'osait pas y penser.

Là-dessus, Arlette apporta ses tartes. Sur quatre, il y en avait trois exquises et une immangeable où s'étaient rassemblées, semblait-il, et serré les coudes toutes les pommes suries disséminées dans les trois cageots... Par quel miracle? Par quel hasard? Ce fut une des questions qui hanta le plus la nuit et les jours suivants l'esprit de la pauvre Diane: car enfin elle les avait toutes jetées en vrac, au dernier moment, dans la même casserole! C'était inconcevable. Loïc, consulté, lui répondit, distrait, qu'il n'en savait «foutrement» rien. Il commençait d'apprendre un langage, celui-là, aux champs, qui ferait mauvais effet à New York, ou à Paris, ou Dieu sait où la vie les emmènerait! Mais comment ces pommes avaient-elles pu...

Pour clore son immense déjeuner, Arlette, sur les demandes de Ferdinand, fit imprudemment passer sa fameuse prune maison. Après avoir beaucoup «hésité» et rappelé que cette liqueur avait déjà une fois endommagé sa démarche et son esprit, Diane accepta d'en prendre une goutte. Elle lui parut beaucoup moins forte que la première fois mais sans doute fut-ce les encouragements de Ferdinand qui l'y aidèrent.

Diane Lessing dut quand même abuser un peu de cet excellent alcool de prune, si sain, puisqu'elle se retrouva plus tard en train de chanter, les bras noués à ceux de ses voisins, *Nini-Peau d'chien* avec sa nouvelle « famille paysanne » ainsi qu'elle l'appelait. Comme quelques maîtres d'hôtel des boîtes de nuit à Paris ou Monaco se le rappelaient encore, elle avait une voix rauque qui, quand elle était un peu partie, devenait d'une puissance incroyable. Eût-elle disposé de ce même organe l'autre jour dans sa carriole qu'un passant wagnérien eût pu croire à une Walkyrie excitant ses coursiers ! Vision effrayante et anachronique à la fois. Toujours est-il qu'elle chanta, sous l'œil stupéfait et charmé de Loïc et celui, moins emballé mais quand même admiratif, de Luce (de plus en plus distraite, celle-là, d'ailleurs) *Les filles de Camaret* et autres joyeusetés.

Sur ce, Arlette subtilisa la bouteille de prune et lança des coups d'œil éloquents vers Ferdinand. Lequel se leva, s'essuyant la bouche de la main avec un naturel que Diane adora.

— Allez ! s'écria-t-il. Quand faut y aller, faut y aller !

Ils partirent enfin, non sans que Ferdinand ne tente de flatter au passage la croupe de Diane Lessing. Il tapota donc ce qui lui en avait tenu lieu toute sa vie et en parut plus perplexe que déçu. Quant à celle-ci, mi-indignée mi-conquise, elle suivit longuement des yeux sa silhouette robuste tandis que Luce et Loïc fermaient la marche en clopinant.

Les moissonneurs avaient au déjeuner réveillé Bruno Delors de sa longue insolation. Il resta un instant les yeux fermés en écoutant *Nini-Peau d'chien*. Un chœur mené par une voix de femme âpre et vigoureuse, une voix de virago, en fait, qui avait par moments un peu le même timbre que celle de Diane Lessing. Pauvre Diane! L'imaginer dans un banquet rural! Il sourit. Il voyait sa valise ouverte par terre et ses polos et ses chemises qui en dépassaient. Il était bien revenu. Mais comment? Il était parti en mission pour découvrir une civilisation quelconque ou tout au moins un télégraphe et il avait échoué. Incroyable! Bruno se rendormit et se réveilla trois heures plus tard. Il avait été tourmenté par le même rêve, une fois de plus: jamais il n'avait fait un rêve aussi intime et aussi proche de sa mémoire, un rêve aussi vécu. Il se rappelait encore l'exotisme de ce cauchemar, le sable interminable, la nuque d'un Touareg et surtout avoir été traîné de couloir en couloir pour finir jeté aux pieds d'une tablée rieuse et cruelle. Il se sentait encore à sa honte glisser, s'agenouiller devant ces émirs et leur harem dont il ne distinguait même pas les visages. Il soupira. Et puis il y avait cette espèce d'odeur, celle de cet esclave en sueur qui le portait, cette odeur qui semblait planer encore dans la chambre. Qui planait en fait dans la chambre. Bruno se redressa et ouvrit vraiment les yeux. Assis au pied de son lit, il y avait un individu indéfinissable dont les yeux étaient les plus vides qu'il eût jamais vus. C'était bel et bien un dégénéré, un primate quelconque qui le regardait avec fixité.

— Toi guéri ? Toi réveillé ?

Allons bon, ce débile mental parlait le petit nègre ! Il était inutile que Léon Blum vantât à ce point l'éducation dans les campagnes. Et Bruno qui n'était pas socialiste le moins du monde se voyait déjà ironiser dans les salons parisiens ou new-yorkais.

— Je vous demande pardon ? dit-il. Vous êtes qui ?

— J'irai-point !

— Je ne vous demande rien...

Il s'arrêta. Mieux valait se concilier ce bizarre personnage. Était-ce un des fils Henri ? Non, même l'armée n'aurait pas engagé un tel spécimen. Il s'assit sur son lit, constata avec plaisir la présence de son caleçon car le regard de l'autre avait quelque chose d'inquiétant... Non pas sur le plan sexuel, bien sûr, l'équivoque était à mille lieues de ce malheureux qui probablement n'avait même jamais pris la main d'une fille. Une vague pitié pour cet être presque exotique dans sa laideur envahit Bruno et, s'appuyant l'index contre son propre torse, il déclara :

— Moi, Bruno ! Moi, Bruno ! Puis, tournant son index vers la poitrine de l'autre, il demanda :

— Et toi ? Toi comment ?

— J'irai-point, répéta l'autre avec agacement, ce qui était le comble.

Bruno haussa les épaules et se rallongea à demi dans son lit. Il se sentait faible.

— Où sont amis à moi ? demanda-t-il.

— Amis à toi aux moissons.

— Aux moissons ? Les pauvres !...

Il imagina un instant Luce avec une faux puis Loïc sur sa machine — ce qui allait déjà mieux — et enfin Diane elle-même avec une faux ; cette idée lui parut si apocalyptique qu'il l'élimina aussitôt de son imagination. Diane avec une faux, tout tombait : la campagne, les arbres, les hommes, les chiens, les chats, les poules ! Il se mit à rire malgré lui.

— Amis à moi contents ?

— Amis à toi contents quand moi t'avoir ramené.

— Parce que toi ramener moi ?

En plus, c'était son sauveur ! Allons bon ! Il avait dû le trouver évanoui et le ramener sur l'une de ces carrioles dont le rôle devenait énorme dans la vie de Bruno.

— Moi récompenser toi. Moi donner toi...

— Pas de dattes. Moi pas vouloir de dattes.

Bruno s'indigna :

— Et pourquoi je te donnerais des dattes ?

— Des dattes et des chèvres.

Bruno était éberlué. Cet abruti avait l'air sincère en plus.

— Mais non ! Moi payer toi ! Avec argent.

— Moi refuser ta montre aussi, reprit l'autre d'un air pieux.

Bruno se sentit une espèce d'estime, tout à coup, pour ce grand gorille qui, au lieu de le dépouiller, l'avait ramené au port.

— Toi bon bougre ! dit-il.

Et, se penchant, il tapota l'épaule de l'étranger qui aussitôt s'agenouilla au pied du lit et tendit vers lui une tête fervente.

— Toi embrasser moi.

Bruno fit un bond en arrière mais trop tard. La porte était ouverte et Diane, sur le seuil, les regardait. Appuyée au chambranle, elle avait adopté une pose presque allécheuse, une pose racoleuse qui étonna Bruno avant de le mettre en colère.

— Je vous dérange ! dit-elle d'une voix pointue.

— Ah, je vous en prie, Diane, ne soyez pas grotesque ! Qu'est-ce qui m'est arrivé ?

Diane se mit à rire.

— Il est arrivé que vous avez été ramené de votre escapade avec une insolation par ce garçon-là et on ne sait pas, étant donné l'éclectisme de ses goûts, si vous avez eu droit aux mêmes faveurs que les membres de son troupeau ou le vicaire du coin. Voilà !

Bruno jeta un regard incrédule et horrifié vers son prétendant qui n'était plus à genoux, Dieu merci, puis vers Diane.

— Alors, Bruno, on commence à aimer la campagne ?

Ça, c'était Loïc ; c'était bien le genre de plaisanterie de Loïc. Arrivé derrière Diane, il était accoudé de l'autre côté du chambranle. Il souriait, hâlé, viril ma foi, agaçant.

— Loïc, c'est vous qui... ne me dites pas... ce que raconte Diane est extravagant, enfin, au sujet de...

Du menton il désignait l'abruti qui souriait toujours aux anges.

Loïc prit une voix rassurante :

— Mais non, mon vieux, on n'en sait strictement rien ! On sait qu'effectivement J'irai-point... a des goûts un peu mélangés... Mais de là à dire que vous n'êtes plus comme vous étiez en partant...

Diane se mit à rire et Bruno voulut la tancer mais il s'arrêta. Elle venait de laisser échapper un petit hoquet sonore d'ivrogne auquel on répond en général dans les salons, comme à tous les impondérables de ce genre, par un visage marmoréen et un flux de paroles. Seulement Diane, au lieu de jeter comme le font généralement les hoqueteux honteux un regard accusateur vers ses voisins, fit une chose invraisemblable : elle ouvrit son sac en paille qu'elle avait au bras, regarda à l'intérieur d'un air agacé et le referma avec application. Loïc et Bruno en restèrent un instant ébahis, puis Bruno vit les joues de Loïc, pourtant hâlées, rougir sous l'envie de rire mais pas pour longtemps. Il venait juste de rentrer des champs après le départ précipité de J'irai-point qui, ayant fini son demi-hectare, était revenu en courant, il était mort de fatigue et il n'avait plus sa lucidité habituelle. La conversation de ces deux-là lui parut soudain surréaliste. Ils lui faisaient vraiment l'effet de deux Parisiens égarés chez lui, Loïc Lhermitte, raisonnable cultivateur beauceron. Il se rendit compte avec amusement que, ce soir-là en tout cas, seuls les moissonneurs auraient droit à quelque estime de sa part. Les autres, quels qu'ils fussent, même s'ils arrivaient par miracle en Rolls de l'Académie des Sciences, lui paraîtraient des freluquets égarés dans des abstractions. Diane au moins, malgré son ivresse, avait aidé à confectionner les tartes aux pommes et goûté les cochonnailles, ce qui faisait d'elle une personne relativement plus saine que Bruno avec ses insolations à triple tour. Et plus que le mari de Luce, avec ses millions invisibles, et plus que lady Dolfuss qui gouvernait Paris à l'heure actuelle avec ses soi-disant élégances. Loïc avait touché la terre, retourné la terre, arraché à la terre le blé, soit le début du pain. Il se mit à rire de lui-même ; de lui-même et des salons et de la vie qu'il y avait menée et de celle qu'il allait continuer à y mener d'ailleurs. Comme il rirait dans quelques jours de la vie agricole, des champs, des moissons, des blés et de l'effort physique, comme il était de toute façon séant de rire quand on s'appelait

Loïc Lhermitte et qu'on s'apercevait, à plus de cinquante ans, que la vie qu'on avait eue n'était pas absolument obligatoire. Quand on s'apercevait que certains moments insupportables du passé auraient dû être, en effet, insupportables tout court et que certains bonheurs, un peu douteux sur le moment, l'étaient tout à fait avec le recul. Bref, quand on s'apercevait que gâcher sa vie n'était pas uniquement une expression romanesque.

— Mais c'est qu'il va me mordre ! disait Diane.

Elle s'était assise de l'autre côté du lit, en face de Bruno toujours allongé, et en effet l'abruti lui jetait des regards féroces ; on le voyait presque retrousser les babines et montrer les dents — mais les dents d'un vieux chien, plutôt. Elle se tourna vers Loïc. (Elle était vraiment un peu ivre, cette chère Diane !)

— Imaginez que ce garçon me croit prête à me jeter sur Bruno, avec lui sans doute ! Comme si je pouvais faire ça sous le toit qui nous abrite ! dit-elle en montrant d'un geste large le plafond taché de mouches. Et comme si j'allais montrer à un innocent des raffinements et des perversités qu'il serait tout autant incapable d'oublier que d'inculquer à ses bêtes !

Le fou rire prit Loïc pour de bon et illico gagna Diane. C'était la fatigue, cette brisure complète de leurs habitudes, la bizarrerie de leur aventure, ce changement total. C'était je ne sais quoi mais ils étaient littéralement pris de convulsions et Diane dut se lever et tituber jusqu'au mur. Etrange, se dit Loïc. Il était étrange de voir des êtres aussi différents que lui et Diane partager le même rire ; il y avait quelque chose de mystérieux, d'illogique et de puissant dans le fou rire, quelque chose qui détonait parfois dans le puzzle psychologique de quelqu'un, qu'on ne pouvait pas concilier avec le reste du caractère mais qu'il était aussi important de partager que la volupté. Diane et lui, par exemple, qui ne partageaient rien sinon les salons, avaient le même rire absurde et parfois presque bouffon et toujours à partir du même prétexte. Ce rire qui vous happait, entraîné, égaré, ballotté, ce rire, s'il manquait à un couple, même passionné, lui faisait toujours défaut à un moment capital. Et tout comme ce rire absent expliquait bien des séparations apparemment inutiles, sa présence expliquait aussi des amours tout à fait disparates puisqu'en cet instant personne n'aurait pu se glisser entre Diane et Loïc. Mais ils finirent par se calmer, par s'asseoir, l'une sur une chaise, l'autre sur le bord de la fenêtre, avec ces précautions de grand blessé, ces gestes de rescapé qu'ont toujours, après, les victimes d'un fou rire. Ils vérifièrent d'un regard que l'autre aussi reprenait son sang-froid, que leur accès s'était calmé et retournèrent ainsi, ensemble, à leur méfiance, leur agacement, leur indifférence réciproque, bref à leur double solitude. C'est alors qu'ils purent se retourner vers le lit de Bruno.

Celui-ci avait pris l'expression qu'ils connaissaient tous les deux par cœur et qui correspondait chez lui à l'incompréhension : l'œil indulgent mais sous un sourcil interrogateur, il mordillait sa lèvre bien ourlée et tout dans son visage indiquait une sorte de condescendance amusée. Malheureusement il se trouva que J'irai-point, dans son adoration, se mit en tête de l'imiter. Bruno ne pouvait le voir, placé où il l'était. De toute façon, reparti en plein narcissisme, il ne pensait même pas à regarder son émule. J'irai-point avait donc les sourcils remontés jusqu'à la racine des cheveux, son front étant relativement étroit, ses yeux se plissaient au point de disparaître littéralement et il ne mordillait pas sa grosse lèvre inférieure, il la mâchait quasiment. Il fallut un instant aux spectateurs pour comprendre ce que voulait dire cette mimique étrange. Mais à l'instant précis où ils le comprirent, Bruno, qui continuait à les fixer de son air impavide, étendit le bras et secoua avec insouciance au-dessus du pavé carrelé de la brave Arlette la cendre de sa cigarette. J'irai-point à son tour tendit, sans regarder, sa grosse main et son mégot au hasard et secoua ainsi sa cendre et ses braises sur le tas de polos de Bruno malencontreusement à sa portée.

— Puis-je savoir ce qui se passe ? demanda Bruno d'une voix altière.

Et, comme pour souligner sa fatigue, il tendit la main à nouveau, sans plus d'attention, et écrasa froidement son mégot sur le carrelage. J'irai-point, les yeux toujours mi-clos, en fit autant et ce n'est qu'en traversant le troisième polo qu'il dut se rendre compte que quelque chose n'allait pas. Il retira sa main précipitamment après avoir jeté un regard furtif vers ces chandails inconnus et la ramena ballante entre ses genoux. Il n'en fallut pas plus à Loïc et à Diane pour replonger dans leur hilarité hystérique. Ils partirent en se bousculant vers la porte et seul Loïc eut le pouvoir de marmonner quelques excuses inaudibles au passage.

Ses deux amis sortis, Bruno se tourna vers J'irai-point qui arborait une expression bizarre, celle d'un homme qui a avalé un piment spécialement corrosif et qui, les yeux fermés, voudrait avaler son menton.

—Va me chercher de l'eau, lui dit-il.

Après tout, s'il devait supporter cet étrange admirateur, autant en faire un valet de chambre. Il y avait pas mal d'hommes intelligents, comme ça, flanqués de valets de chambre idiots. Don Juan, non? Ou quelqu'un d'autre chez Molière? Il ne se rappelait plus. (Il faut dire que Bruno avait une érudition relativement étroite, enserrée qu'elle était entre 1900 et 1930.) Il allait mettre un de ses polos et un de ses pantalons à raies qui faisaient assez yachtman mais tant pis, il n'avait pas prévu dans son vestiaire une tenue pour cette ferme. Il rit légèrement et se regarda dans la glace, la minable petite glace qui trônait sur le mur, accrochée à un clou. Il n'était pas trop rouge pour la victime d'une insolation ! Il regarda ses dents, tira sur ses joues et se dit confusément « Bravo ! ». C'est à ce moment-là que J'irai-point arriva, essoufflé, avec un broc d'eau qu'il posa précipitamment à ses pieds. Malgré lui, Bruno eut un geste de recul ; ce type était vraiment dingo. Dieu sait que les marques d'admiration ne l'avaient jamais fait reculer, au contraire, mais là, cette adoration d'un mongolien ou d'un hydro... quelque chose lui paraissait un peu vive. Enfin !...

— Peux-tu me laisser tranquille ? dit-il. Je me lave et je vous rejoins. On va passer à table, j'imagine ?

— Oui, dit J'irai-point rapidement. Oui. Madame Luce est en train de tourner la soupe. J'attends là-bas.

Et il disparut sans autre supplique, à la grande surprise de Bruno déjà habitué à cette vénération.

Ils étaient tous assis autour de la table, sauf Luce qui faisait tourner lentement la spatule de bois dans la soupe sous l'œil lubrique de Maurice et celui, bienveillant, d'Arlette. Loïc et Diane échangeaient de temps en temps quelques propos alanguis, épuisés qu'ils étaient par leur rire et leurs travaux paysans ou domestiques. J'irai-point restait inerte dans son coin, la tête basse, et une sorte de paix familiale régnait dans l'atmosphère.

Pendant ce temps, Arlette faisait ses comptes : il y avait Luce qui plaisait au petit et qui le gardait à la maison mieux que sa cheville (parce que sa cheville, ça ne durerait jamais que quinze jours). Elle était brave, la Luce... elle filait doux... on pourrait lui apprendre vite, si on arrivait à savoir avec qui elle était appareillée... Pas avec Loïc, en tout cas, ni avec l'autre qui faisait le malin. Et puis il y avait Diane : elle ne servait vraiment à rien, la Diane, elle mettait même de la pagaille mais Arlette se sentait comme une sorte d'indulgence pour cette grande bringue. Elle était rieuse, quoi, la Diane ! Elle était rieuse, à son âge, plus que bien des jeunesses ! Et le Loïc, il était bon bougre, aussi. Malgré ça, tout ce monde mangeait, buvait... et les moissons étaient finies ! On n'avait plus besoin d'eux. Comment leur avouer que les Allemands étaient arrivés jusqu'à Tours sans la moindre anicroche et qu'on pouvait se promener partout à condition de leur obéir au doigt et à l'œil ? D'ailleurs, avec cet Armistice de la veille Henri René et Henri Édouard, son mari et son fils cadet, seraient vite là. Et où allait-on mettre tout ce monde ? Non, non, il fallait qu'elle agisse. Néanmoins, quelque chose se désolait vaguement chez Arlette — qui les regretterait — mais elle avait si peu l'habitude d'éprouver des sentiments qu'elle n'aurait même jamais pensé à leur céder.

Il fallait donc que tout ce beau monde reparte. Elle enverrait J'irai-point chez le garagiste, demain, pour leur trouver une voiture. Et puis, ils verraient bien eux-mêmes, une fois partis, que la guerre était finie et la France occupée... Elle n'aurait pas à leur raconter ses manigances... Le Ferdinand avait bien failli gaffer, l'autre jour, au déjeuner, en faisant le faraud avec sa voisine. Ah!... quelle follasse, quand même, cette Diane!...

— Beju! cria son beau-père derrière elle.

Elle le regarda avec affection: on avait beau dire, un homme poli comme lui, un homme comme il était, ça ne courait pas les routes. Il y en avait même qui auraient pu prendre des leçons, le Bruno par exemple... Comment envoyer J'irai-point demain? Comment le décider à aller chercher une voiture pour les faire partir avec Bruno? Quand il avait quelqu'un dans la tête, le Meningou, se dit-elle, on ne pouvait pas le faire penser à autre chose. Peut-être qu'en lui disant que son copain resterait de toute manière à la maison, cela arrangerait tout: il était jaloux des autres et il serait soulagé de les voir disparaître... Dommage quand même... Ce Loïc, c'était un homme bien: de sa personne d'abord, puis de caractère. Les vrais hommes comme ça, c'était reposant... Ah, son pauvre Réré, son pauvre Doudou, où est-ce qu'ils étaient encore, eux, les pauvres ?... Arlette qui, depuis le début de sa vie, voyait celle-ci réglée par le déjeuner et le dîner des poules, par les soins aux gorets, par les saisons, les moissons et les vendanges, Arlette qui avait une idée immuable de son destin était un peu fatiguée par ce maelström autour d'elle. Elle ferma les yeux un instant.

L'arrivée de Bruno, fou furieux et rouge vif, fit l'effet d'une bombe pour certains, pour Luce surtout, et de trouble-fête pour les autres.

— Mon polo ! Mes polos ! criait-il. Mes polos de cachemire ! Cet imbécile jette ses mégots sur mes chandails maintenant ! J'en ai trois de fichus ! Non mais, dit-il en se penchant vers J'irai-point visiblement confus... non mais !... il est complètement idiot ou il le fait exprès ?

— C'est leur première petite querelle, dit Diane à la cantonade mais d'une voix apaisante. Tous les jeunes couples doivent passer par là... et puis ça se calme, sur l'oreiller... ou ailleurs...

— Ah je vous en prie, Diane ! Non ! Non et non ! Si vous ne m'aviez pas flanqué cet abruti dans les pattes...

— Tttt, Tttt, Tttt, dit Diane.

Mais Bruno ne l'écoutait pas :

— Et en plus... et en plus...

Il en bégayait de fureur. C'est alors qu'il avisa Luce.

— Eh bien, ma petite Luce, vous avez bonne

mine! Vous avez bronzé, vous aussi, aux champs! Ça fait plaisir à voir! Je dois reconnaître que je suis content de vous voir de près, ma chérie, vous m'avez manqué.

— Moi aussi, Bruno, moi aussi, dit la pauvre Luce qui avait encore des brins de paille dans les cheveux et les jambes flageolantes devant la cuisinière. Moi aussi, Bruno. Vous nous avez fait très peur, vous savez!

— Ça oui! renchérit Maurice avec un mauvais rire.

— Vous nous avez pris un bon coup de soleil avec vos petites trottes, dit Arlette qui avait la rancune durable. C'est bien la première fois que je vois une insolation à... comment vous dites, déjà, Madame Diane?

— Voyons, Arlette! s'écria celle-ci sur un ton de reproche qui aurait mieux sonné au bar du Ritz... voyons... Appelez-moi «Diane»! Vous me l'avez promis tout à l'heure. Plus de madame! Ou alors, moi, je vous appelle Madame Arlette!

Elle avait un ton de menace mais Arlette d'un mouvement d'épaule fit apparaître cette hypothèse comme le cadet de ses soucis...

— Bon, marmonna-t-elle, qu'est-ce que je disais?

Et elle se tourna vers Luce qui, étreignant sa spatule, tournait sa soupe à tombeau ouvert.

— Dites donc, ma petite Luce, elle doit être

chaude maintenant la soupe! C'est une soupe que vous nous faites ou une mayonnaise?

— Elle est mauvaise élève aux fourneaux? demanda Bruno d'un ton ironique en s'éloignant vers le feu.

— Beju! Beju! cria le vieillard qui n'avait pas jusque-là remarqué l'arrivée de Bruno et s'en excusait vivement.

Il faut dire que le malheureux s'était époumoné toute la journée à saluer poliment chaque moissonneur et qu'il n'en pouvait plus. Rouge, décoiffé et étourdi par l'exaspération, Bruno ne répondit pas.

— Vous pouvez lui répondre, peut-être! dit Arlette sèchement.

— Euh... euh... beju, beju! dit distraitement Bruno et, sans qu'on sût pourquoi, son exaspération gagna Arlette.

— Dites donc! Faut pas vous moquer de lui, hein! dit-elle. Faut lui dire «bonjour»! Vous pouvez dire «bonjour» hein, vous? C'est pas exprès qu'il dit «beju» le pépé, hein! Je voudrais vous y voir! Qu'est-ce que vous croyez, vous? Tiens, asseyez-vous là! lui lança-t-elle d'un ton sec.

Bruno s'assit lourdement et regarda autour de lui. De l'autre côté de la table, en face, il y avait le fameux Don Juan paysan, le nommé Maurice, brûlé par le soleil, sa vieille chemise de coton ouverte sur un torse musclé et doré, une mèche dans l'œil gauche et l'œil droit rieur, les joues bleutées : le sosie parfait du garde-chasse de Lady Chatterley. Il était mal rasé mais sur la texture de sa peau cela évoquait plutôt un pirate qu'un clochard. Ce plouc pouvait plaire à certaines femmes, pensa rapidement Bruno. Certaines femmes dont lui-même n'aurait pas voulu : les femmes à voyous.

— C'est vrai ! Madame Henri a raison, déclara Loïc d'une voix sérieuse. Imaginez-vous sans les « pe », les « le », les « te », les « me » dont vous disposez actuellement sans connaissances particulières. Quelles lettres vous manqueraient le plus, à vous ? Le « j », par exemple, vous poserait des problèmes difficiles. Vous vous imaginez, mon pauvre Bruno... vous vous imaginez disant à votre maîtresse au moment... important... « As-tu 'oui ? As-tu 'oui ? Moi 'ai tellement 'oui ! Et toi ma 'olie, as-tu 'oui ? » Vous feriez un tabac peut-être, sait-on jamais ?

— Laissez-moi en dehors de vos petites comédies, hein, Loïc ! Non seulement je n'y comprends rien mais j'en suis fier. Elles ne me font pas rire.

— Bon ! Eh bien qu'est-ce qui vous fait rire alors, vous, dites donc ? Vous n'êtes pas très rigolo, vous savez, Bruno ! Regardez bien : Devant vous, vous avez une femme qui est mieux en femme que vous en homme, qui en plus vous nourrit, vous entretient, vous loge, vous habille, vous accueille même dans son lit ! Et vous faites la tête ! Ah, j'ai horreur des gigolos grognons !

— Ma vie privée n'appartient qu'à moi, Loïc ! Et puis demandez donc à Luce pourquoi elle m'accueille dans son lit, comme vous le dites ! Elle vous répondra ! — Et Bruno eut un petit rire fin.

— Oh ! Ne me dites pas que c'est pour vos nuits d'amour ! Vous me feriez rire ! Il n'y a pas un gigolo que l'on ne garde que pour ses nuits, voyons ! Soyez raisonnable. Les femmes ne gardent leur gigolo que pour la journée, pour les montrer, pour les afficher, pour les sortir. La nuit est vraiment un détail... qu'est-ce que vous croyez ? C'est pour leurs amies que les femmes ont des amants, ce n'est pas pour elles-mêmes ! C'est parce que l'amour physique est à la mode et supposé nécessaire à l'équilibre du corps ou de l'ego... Que sais-je ? Non, non, je vous le demande : n'est-ce pas grâce à Freud que les gigolos existent encore ? Vous devriez tous, dans votre confrérie, élever une statue à Freud, non ?

— Vous, vous vous posez trop de questions, Loïc ! Ça finira mal !

— Et « vous » ne vous en posez pas assez, mon cher Bruno. A votre âge vous devriez n'être qu'un point d'interrogation, avec l'espoir de devenir plus tard un point capital. Mais hélas vous ne serez qu'une petite virgule, comme nous, dans l'énorme alphabet du temps. Que c'est beau, ce que je dis, Diane ! Vous remarquez, au passage ?

— Superbe, dit Diane, mais je ne vois pas en quoi je suis une virgule ? — elle avait toujours eu la minceur susceptible.

— Je ne parle pas d'un point de vue esthétique, ma chère. Je me place du point de vue du temps. Je parle pour Bruno qui voudrait être un point et qui finira donc en point-virgule, c'est-à-dire sans le poids, la gravité, l'intérêt du point. Et sans la légèreté, la souplesse et la rapidité de la virgule.

— Je n'ai que faire de vos conseils ; je veux bien une fois de plus vous le rappeler mais ne l'oubliez plus : ma vie privée ne regarde que moi !

Mais Loïc était parti pendant cette dernière tirade. Et il n'y avait plus en face de Bruno tremblant de rage que Luce tremblant de désarroi.

Diane décida de suivre Loïc car elle voyait beaucoup de possibilités dans son nouveau jeu de société, encore qu'elle ne le comprît pas très bien. Par exemple pouvait-on, comme ça, délibérément, ôter à quelqu'un certaines syllabes ? Cela pouvait très bien virer au scandale. En revanche, le jeu de la ponctuation était plus évident. Il y aurait les points de suspension pour les hommes d'affaires, les points d'exclamation dans l'amour, les points d'interrogation dans les arts... etc., etc. plus les guillemets pour les âneries, comme d'habitude.

Elle trouva Loïc allongé sur l'herbe dans le pré où était la tombe, comme disait Luce avec emphase, enfin le malheureux tumulus où gisait Jean. Elle s'assit près de lui sans rien dire car il avait la tête de l'homme qui tient au silence, le bras en travers du visage et un profil détourné qui interdisait l'intrusion. D'ailleurs Diane n'avait pas tellement envie de parler ni besoin d'élever la voix pour se faire reconnaître, puisqu'elle portait son délicieux et habituel parfum que Ferdinand, lui-même, avait remarqué à déjeuner. « Une petite femme bien chaude »... Non ! C'était extraordinaire. Elle mourait d'envie de le raconter à Loïc. Elle allait craquer. D'abord pour rire ensemble de ce compliment si curieux et puis aussi pour l'épater. Mon Dieu, à soixante ans, réveiller l'érotisme d'un paysan ignare ! Il fallait le faire ! Elle voulait que Loïc le constate lui-même... Et elle se devait d'être amusée, mordante, voire critique dans ce récit.

— Loïc ! Il fallait que je vous dise... mais je n'ai pas eu le temps avec tous ces fous rires imbéciles. Mon Dieu ! La tête de ce pauvre Bruno !... A s'imaginer sans « r », sans « j », sans « t » etc. Il faut bien le dire, après avoir perdu ses polos et sa maîtresse, perdre en plus ses consonnes, c'est dur !... Cela fait beaucoup !

— Comment « perdu sa maîtresse » ?

— Vous n'avez pas l'impression que Luce regarde beaucoup le beau Maurice ?

Loïc respira. Il avait failli tomber dans le piège une fois de plus. Il avait failli, par son simple silence, admettre l'existence de cette liaison et curieusement il ne voulait pas le faire. Il pensait que plus tard, à Paris, ce serait ces souvenirs-là qui rendraient la vie agréable ou plus chaleureuse à Luce Ader. Et peut-être les préférerait-elle secrets.

Diane, au-dessus de lui, continuait.

— Il faut dire que les hommes de ce pays sont d'un galant !

— Vous trouvez ?

Loïc s'étonnait. A part Maurice, fixé sur Luce, il n'avait pas vu grand-chose.

— Mais oui ! Ce... ce... ce... moissonneur d'aujourd'hui... là... ce Ferdinand... le grand, le gros, vous voyez ? Avec la moustache...

— Je vois très bien qui est Ferdinand, dit Loïc. Nous nous sommes même très bien entendus aujourd'hui.

— Eh bien, figurez-vous que ce Ferdinand m'a dit... — Elle s'arrêta et se mit à rire —... il m'a dit... Ah non ! Je ne peux pas...

— Allons, voyons ! Diane !

— Je lui demandais comment ils passaient les hivers dans ces campagnes. Eh bien il m'a dit... il m'a dit... Oh non ! C'est extravagant !

— Il vous a dit quoi ?

— Il m'a répondu : « Non, ce n'est pas trop long... surtout si on a dans son lit une petite femme bien chaude comme vous ! »

Et après avoir jeté cette phrase d'un trait Diane retint son souffle, prête à fuser dans le même rire que Loïc. Mais il ne riait pas.

— Eh bien ? dit-il. Qu'est-ce que ça a de si drôle ?

— Mais enfin !... Mais enfin, Loïc ! Me dire ça à moi, comme compliment ! N'est-ce pas insensé ?

— Mais pas du tout ! Pourquoi, Diane ? Vous avez les pieds froids ? — La voix de Loïc était d'une grande douceur tout à coup. — Non, cet homme a de l'instinct, c'est tout ! Et du charme : je dois vous dire que moi, si j'étais femme — et il n'y avait jamais eu aussi peu de pédérastie dans la voix de Loïc —, si j'étais femme, je le trouverais sûrement très bien, ce Ferdinand !

Ils se turent comme les oiseaux s'étaient tus, et le vent, et le soleil, et le jour. Sur le tableau trop clair d'un ciel d'été les vols des hirondelles traçaient de leurs craies noires des figures, des symboles, des rébus passionnants que, déçues sans doute de l'incompréhension humaine, elles abandonnaient peu à peu pour se laisser filer en ligne droite, les ailes rabattues, les yeux clos : trop haut ou trop bas, trop vite en tout cas... Et trop près de n'importe quel obstacle qu'on les voyait éviter à la dernière seconde avec une désinvolture aussi désirable que mortelle.

Bruno surprit ses aînés dans cette position amicale et en profita. Il semblait ne pas en vouloir le moins du monde à Loïc qui, lui, était un peu honteux de sa sortie.

— Je suis ravi de vous voir si proches, dit-il sans ironie apparente. Cela me permet de vous demander une faveur.

Loïc et Diane le regardèrent avec surprise car il énonçait plutôt généralement ses désirs sinon comme des ordres, tout au moins comme des phénomènes incontournables, quasi climatiques.

— Je n'ai pas vu Luce depuis trois jours, dit-il avec l'air avenant de l'amoureux. Je pensais que ce soir vous pourriez peut-être... euh... vous pourriez peut-être être assez gentils pour... euh... changer de chambre... enfin, de partenaire de chambre. Si par exemple vous acceptiez Loïc comme compagnon de sommeil au lieu de Luce, Diane ?

— Mais bien sûr, dit Diane étourdiment, dans un premier réflexe qui lui avait montré Loïc lui racontant des extravagances dans la nuit : il serait plus distrayant que cette pauvre Luce avec ses airs contrits et ses soupirs de remords... ou de regrets... comment savoir !

Loïc, lui, était moins sûr que ce fût le désir de Luce

mais il ne pouvait sans grossièreté refuser la compagnie de Diane ni sans sadisme révéler à Bruno qu'il n'était plus en cour.

— Bien sûr! dit-il machinalement. Bien sûr! mais...

— Merci! dit Bruno d'une voix chaleureuse et il disparut.

Diane et Loïc se regardèrent: elle amusée, lui soucieux.

— N'ayez pas l'air si préoccupé, mon cher ami! Je ne vais pas vous violer! s'écria Diane avec son rire cascadeur. Nous n'avons plus l'âge de ces gambades.

Loïc, que ce «nous» vieillissait de dix ans, ne broncha pas, sourit au contraire faiblement. Après tout, Luce était bien assez grande pour refuser Bruno, se dit-il — mais sans y croire, pas plus qu'à tous ces raisonnements de bon sens qu'il savait erronés.

— Notre Maurice ne va pas être content, dit-il simplement. Je lui crois un grand faible pour Luce.

— Je l'ai bien vu, concrétisé ou pas! dit Diane, lançant comme toujours ses filets à renseignements.

Mais Loïc ne répondit pas.

— De plus, repartit Diane, dépitée, de plus, il est temps qu'elle renoue avec Bruno! Ils sont en froid. Or elle ne peut pas arriver à New York ou rentrer à Paris, je ne sais plus, comme une femme seule pendant que ce petit mufle irait raconter partout qu'elle l'a plaqué pour un cultivateur. Ce genre d'histoires est charmant dans le théâtre ou dans les romans mais dans la vie ça la fout mal!... avouez-le!

— Bien entendu vous avez raison, comme toujours, Diane: ça la fout mal.

Et en effet cette anecdote déclassante nuirait au prestige de Luce, se répétait-il assez obstinément pour s'y accrocher.

C'est ainsi que Luce, qui avait rendez-vous avec Maurice dans la grange, vit entrer dans la chambre qu'elle partageait avec Diane un Bruno souriant, séducteur et menaçant, qui la prit dans ses bras avec décision et la poussa vers le lit.

Elle se laissa embrasser d'abord, croyant à l'arrivée salvatrice de Diane puis, l'entendant rire à côté avec Loïc, comprit tout. Elle se débattit plus par désir de Maurice que par dégoût de Bruno avec qui l'acte d'amour n'était qu'une cérémonie nécessaire et brève, sans importance. Elle se débattit faiblement puis elle céda car, après tout, Bruno était son amant! Il avait les droits de l'amant. Les choses se passaient ainsi dans son monde. Son devoir était évident.

Elle espérait que Bruno s'endormirait vite à son habitude et qu'elle pourrait rejoindre Maurice plus tard. Mais Bruno, une fois son bien reconquis, alluma une cigarette, puis une autre et exprima mille sarcasmes sur la ferme. Elle restait immobile près de lui à répondre «oui... oui... oui...» d'une petite voix.

Puis elle feignit le sommeil. Tout cela avec les yeux pleins de larmes.

Diane et Loïc s'étaient, après leurs ablutions, allongés sur le même lit, les propositions pudiques de Loïc s'étant heurtées au gros rire de Diane : ils n'allaient pas dormir mal tous les deux, elle sur le sommier et lui sur le matelas, pour des convenances grotesques. L'image de la « petite femme toute chaude » évoquée par le sieur Ferdinand importuna bien Loïc une seconde, puis il l'oublia sans mal car Diane, enduite de démaquillant et entortillée dans trois robes de chambre à cause de l'humidité, n'avait visiblement aucune idée érotique d'elle-même ce soir-là.

Ils restèrent dans l'obscurité, parlant à mi-voix de la journée et Diane reprit à voix haute un fou rire en se rappelant l'histoire de J'irai-point et de ses cigarettes. Ils somnolaient lorsque les volets grincèrent et que la fenêtre s'ouvrit. Une seconde plus tard Loïc avait un fusil de chasse pointé sur le cou et une voix rauque lui ordonnait de se lever.

Maurice Henri avait bu beaucoup de vin à table et beaucoup de prune dans la grange en attendant Luce. Ne la voyant pas arriver, il eut un coup de colère et de passion accéléré par l'alcool et, ayant décroché le fusil de la grande salle, il se précipita dans la chambre de son rival qui, croyait-il, violait sa maîtresse. Il n'imaginait pas le laxisme de Luce en matière amoureuse ni son sens du devoir.

Il braqua donc la forme masculine allongée paisiblement dans les draps, d'autant plus furieux que ce calme lui soufflait qu'il arrivait trop tard.

— Tais-toi, fumier! murmurait-il. Tais-toi, salaud! tout en donnant des petits coups de canon contre l'oreille de Loïc qui, stupéfait, lui obéissait à part un ou deux « mais ?... mais ?... » qui ne servirent à rien.

Diane, qui s'était retournée sur le côté au bruit de la fenêtre, avait vu avec stupeur cette ombre noire, soudain, entre la fenêtre et le lit. Elle avait vu l'arme luire dans la vague clarté de la nuit, elle avait vu les yeux de Loïc, à un mètre des siens, s'agrandir, puis elle l'avait vu se lever pendant que l'inconnu lui murmurait ses ordres et ses insultes... Un cauchemar! Un vrai cauchemar! Les avions les mitraillaient, les chevaux les emballaient, les imbéciles les violaient et maintenant voilà que des criminels les menaçaient d'un fusil au cœur de la nuit! Très curieusement, elle ne pensa pas un instant à Maurice qu'elle ignorait être l'amant de Luce et auquel elle ne prêtait que des désirs inavoués, donc, en aucun cas, une obsession ni une jalousie criminelles.

Elle se mit à claquer des dents violemment contre son oreiller, étonnée que le meurtrier ne l'ait pas aperçue, bénissant le ciel de cet aveuglement, tout en regrettant le pauvre Loïc. Lui qui était si en forme!... si gai!... Se faire tuer par des autochtones archaïques quand on avait passé sa vie au Quai d'Orsay! Qu'allait-on en faire? Allait-on lui brûler les pieds pour qu'il dise où étaient leur argent, leurs bijoux? Diane jeta les yeux, malgré l'obscurité, vers la cheminée à l'intérieur de laquelle elle avait caché son coffre dès son arrivée. Bien sûr, Loïc ne connaissait pas sa cachette. Mais si on lui brûlait les pieds devant elle, que faire? Elle serait bien obligée de tout dire! Serait-elle vraiment obligée de tout dire? Les conventions, dans ce domaine, n'existaient pas. D'ailleurs les conventions ne s'exerçaient sur rien de ce qui leur arrivait depuis trois jours.

Il y avait Bruno, bien sûr, et Maurice Henri. Mais comment les prévenir?

Un bruit de voix affaibli lui parvint, comme venant de la grande salle. Elle se leva, passa en frissonnant une quatrième robe de chambre et glissa d'un pied tremblant dans le couloir. Elle avait mal aux oreilles à force de les tendre comme un setter. Enfin elle cueillit une phrase, prononcée par Loïc dont le calme l'éblouit un instant avant qu'elle n'en comprenne le sens: «Je vous assure, Maurice, c'est ridicule! Je suis persuadé que Lu... qu'il ne s'est rien passé!»

— Vouais ! Je voudrais bien être sûr ! Je vais aller voir, moi, le Bruno, s'il dort.

Et Diane reconnut la voix de Maurice. Une intuition la foudroya et c'est rouge de colère qu'elle entra dans la cuisine.

Les deux hommes étaient assis devant le feu, une bouteille de vin rouge et deux verres à leurs pieds, ainsi que le fusil de chasse.

— Mon Dieu, Diane ! Vous m'avez fait peur ! dit Loïc, bêtement. A cette heure-ci...

— Pas moi. A cette heure-ci, justement, voir une ombre braquer un fusil sur mon voisin et le voir disparaître dans le couloir ne m'a jamais fait ni chaud ni froid !

— Ah vous avez tout vu ? J'ai cru que vous dormiez... dit Loïc d'un ton bienveillant qui exaspéra Diane.

— Non, je ne dormais pas... Oui, j'ai tout vu... Oui, j'en ai assez !... Non, ce n'est pas possible de dormir dans ces conditions !... Oui, je me suis fait un souci atroce pour votre survie !... Qu'est-ce qui vous a pris, Maurice ?

— Il a cru que c'était Bruno allongé près de vous, dit Loïc.

— Bruno ?... Bruno !... Tiens ! Il a une drôle d'idée de nos mœurs, ce garçon ! Pouvez-vous me dire ce que je ferais dans un lit, près de Bruno, à mon âge ? Décidément le délire de votre J'y-reviens est contagieux ! Mais pourquoi veut-on absolument que j'aie des relations scabreuses avec ce gigolo à trois francs ? C'est inconcevable !...

Elle marchait de long en large.

— Mais... mais... mais..., balbutiaient les deux hommes devant cette furie qui, malgré sa maigreur, semblait dans ses quatre robes de chambre un Bibendum à l'entraînement.

— Je me suis mal expliqué, finit par dire Loïc. Il vous a prise pour Luce.

— Moi ?... Luce ?

Elle regardait Maurice Henri, hésitante, vaguement flattée.

— Dans ce noir, dit Loïc, c'est bien excusable.

— Eh bien, non ! Non ! cria-t-elle. Non, il n'est pas excusable ! Depuis quand entre-t-on dans la chambre des gens, la nuit, avec un fusil ? C'est parce qu'il fait noir que vous jouez à l'Auberge des Adrets, Maurice Henri ?

— L'Auberge des Adrets ? répéta Maurice. Je ne connais pas.

— C'est une image. Laissez, Maurice ! Figurez-vous, ma chère Diane, que Maurice est, en tout bien tout honneur évidemment, jaloux de Luce, et que...

— En tout bien tout honneur... vous plaisantez ?

— C'est que j'y tiens, moi, à la Luce, dit brusquement Maurice... et puis, vu qu'elle était d'accord, je me disais que cette nuit... on se retrouverait, quoi... au même endroit mais plus longtemps...

— En tout bien tout honneur évidemment, reprit Diane avec un coup d'œil de mépris pour Loïc — qui détourna les yeux.

— Je m'en fous! Je ne veux pas que votre Bruno l'embête! Je voulais lui parler tout seul, cette nuit, à Luce, voilà! Et je veux toujours!

— Ça me paraît difficile, commença Loïc en prenant à son tour un verre de vin car Maurice était en train d'assécher la bouteille, ce qui l'excitait visiblement.

Diane surprit le regard de Loïc, attrapa le verre de Maurice comme il le posait sur la table pour la énième fois.

— Permettez, dit-elle, je meurs de soif.

Elle le remplit et le vida d'un trait, non sans un clignement d'œil vers Loïc qui voulait signifier: «encore un qu'il n'aura pas!» mais qui, dans sa satisfaction, exprimait plutôt: «encore un que j'ai eu!»

En attendant, le regard de Maurice Henri, ce regard en général débonnaire d'homme heureux, était à présent injecté de sang ou de vin rouge et fixait tour à tour Loïc et Diane avec un sombre acharnement de plus en plus inquiétant.

— Que voulez-vous que je fasse? dit Diane.

Enfin ! Ils dorment !... Ils dorment forcément, Loïc, hein ?...

Elle hésitait entre deux solutions : invoquer l'amitié platonique de Bruno et de Luce, ce qui aurait calmé le paysan mais lui aurait laissé dès lors le champ libre pour réveiller sa maîtresse, ou lui annoncer son sort infortuné, ce qui risquait d'exciter sa fureur et de le pousser armé dans la chambre des deux amants. Elle jeta un coup d'œil à Loïc apparemment de marbre. Il fallait dire qu'après avoir vécu avec ce fusil dans l'oreille pendant cinq bonnes minutes il devait se sentir relativement indifférent au sort éventuel de Bruno. Son sang ne devait pas encore couler normalement dans ses veines. Une chance que, tout à l'heure, il n'ait pas été cardiaque ! Et le reste du temps non plus depuis ces trois jours !

— Je vais la chercher, dit Maurice.

Il se leva non sans mal et ramassa son fusil par terre.

— Non, non, non, non !... Non ! cria Diane. Je vous le répète, Maurice Henri, non !

— Alors, allez me la chercher, vous.

— Ah oui !... Et sous quel prétexte, s'il vous plaît ?

— Je m'en fiche, dit Maurice Henri avec une sincérité gênante. Allez-y vite, hein !

— Serait-ce la rançon de votre hospitalité ? tenta Diane mais le regard atone du garçon lui fit comprendre que les lois sacrées de l'hospitalité n'avaient pas la cote ce soir-là.

— Loïc ! soupira-t-elle, faites-le, vous. Mais que dire ? Sous quel prétexte réveiller nos amis ?

Elle avait sa voix perçante des grands jours et en effet elle était mal remise de ses émotions précédentes.

— Ah, je flanche... dit-elle comme pour elle-même.

Elle remplit un verre d'un geste emphatique, le visage douloureux, et l'avala. Sa voix avait néanmoins réveillé Loïc de ses rêveries solitaires, si fréquentes chez les rescapés d'un assassinat.

— Demandez à Luce de venir ici, dit-il. Et si Bruno ne dort pas, prétendez que je ronfle trop et que vous avez besoin de dormir près de votre compagne habituelle. J'irai m'allonger à côté de lui, plus tard.

— Et si je les dérange ?... commença Diane. — Mais devant le regard haineux de Maurice elle s'écria, haletante : — je veux dire... s'ils jouent aux cartes, qu'est-ce que je dois faire ?

Elle haletait, elle battait l'air de ses bras et par conséquent de ses huit manches, tel un oiseau de mer pris dans le goudron.

— Eh bien, confisquez-leur les cartes ! dit Loïc plaisamment et grossièrement.

— En tout cas ramenez-moi Luce, et vite, hein ! jeta le doux paysan, devenu cultivateur en rut. C'était

Docteur Jekyll et Mr Hyde, ce Maurice Henri, décidément.

— J'y vais, dit-elle.

Elle se leva et, à pas traînants, le dos raidi comme si elle y eût attendu une décharge de chevrotines, elle alla jusqu'à la porte. Elle se retourna tout à coup :

— Maurice, dit-elle d'une voix dramatique, Maurice, me laisseriez-vous dire un mot en tête à tête à mon ami Loïc ?

— Faites comme vous voulez mais trottez-vous ! dit Maurice, se dirigeant vers l'alcôve en secouant les épaules.

Loïc fit quelques pas vers Diane qui, le nez en face de son nez, lui chuchota rapidement :

— Voyons !... De quoi ai-je l'air d'aller d'un lit à l'autre en donnant des conseils obscènes à cette pauvre Luce ! Voyons, Loïc ! Y pensez-vous ? De quoi avons-nous l'air ? Je vous le demande !

— De rien, dit Loïc paisiblement. De rien. Nous n'avons plus l'air de rien depuis trois jours. Nous avons eu l'air, vaguement, de... moissonneurs, avant-hier ou hier je ne sais plus... c'est tout.

— Oui, oui, bien sûr !

Elle chuchotait en s'éloignant. Elle parvint à retrouver dans le noir la porte de son ex-chambre. Elle se faufila du côté de Luce, tendit la main en entendant son souffle, la posa sur son épaule et la lui tapota affectueusement.

— Luce... Luce... Réveillez-vous !

Elle tapotait cette épaule mais en vain. Exaspérée par ce souffle régulier de femme soumise, sinon comblée, elle finit par la pincer mais plus vigoureusement qu'elle l'eût voulu.

— Nom de Dieu ! Qui m'a fait ça ? Qu'est-ce qui te prend ? brama Bruno en se massant le cou.

Et il alluma la lampe sur la caisse bancale qui servait de table de chevet. Grâce à quoi il découvrit à dix centimètres de son oreiller, énorme et titubante comme une poupée russe, Diane Lessing luisante de démaquillant et les yeux saillant hors de leur orbite. Il sursauta.

— Mais voyons, Diane, que faites-vous là ?... s'enquit-il, d'abord de bonne foi.

Puis, après quelques instants, devant son silence buté, ses mâchoires serrées et sa pâleur, une sorte de doute, une sorte d'assurance aussi, lui suggérèrent une hypothèse des plus plaisantes. A voix plus basse car Luce continuait à dormir en effet à son côté, il souffla :

— Mais... vous m'avez fait mal, Diane ! Que me voulez-vous ? Si c'est ce que je pense, vous vous y prenez tard !

Et il ricana, mi-étonné mi-amusé. En tout cas satisfait de cette flambée nocturne chez la vieille Lessing qui l'avait écouté les yeux baissés mais qui réagit et leva les yeux :

— Comment ça ?... Quoi ?... A quoi pensez-vous vous-même ? glapit-elle.

— « A quoi pensez-vous vous-même ? » répéta Bruno en riant et en l'imitant. Vous pouvez me dire ce que vous faites, s'il vous plaît, Diane ? A demi couchée sur moi, au milieu de la nuit... Et à cette heure-ci !

— Pardon ?... Mais que croyez-vous ? Vous m'imaginez courant après vous comme une chienne en chaleur !... Au milieu de la nuit !... C'est insensé ! Ah ! Ah ! Ah ! Ah ! s'esclaffa-t-elle avec effort. Moi, courant après « ça » ? dit-elle à une cantonade naturellement encore invisible, en lui montrant Bruno Delors assis sur son lit avec l'œil salace et triomphant du bellâtre.

— Alors, pourquoi ne laissez-vous pas « ça » dormir ? demanda celui-ci. Pourquoi pinciez-vous « ça » ? Hein, Diane ? Vous m'entendez ? Hein, Diane !

Et il se redressait, s'arrangeait pour montrer son beau torse en respirant profondément, sarcastique et implacable : le jeune mâle méprisant devant une Diane Lessing se tordant les mains de désir, de honte et de désespoir. Telle était l'idée qu'il se faisait de la situation mais elle ne dura pas longtemps.

— Loïc ! hurlait Diane d'une voix déchirante. Loïc, venez ici !

La porte s'ouvrit brutalement et Loïc, décoiffé et pâle, fit son entrée flanqué de Maurice Henri, rouge celui-ci et armé d'un fusil à double canon qu'il brandissait dans tous les sens.

— Un cauchemar ! Cette nuit n'est qu'un long cauchemar ! signala Diane à son ami Loïc en se jetant dans ses bras.

— Ah oui, un cauchemar ! Vous l'avez dit ! répéta Bruno sans aucune galanterie pendant que Luce se réveillait à moitié, tournée dans son sommeil vers Bruno et, tendant tendrement la main, s'écriait à voix basse mais distincte :

— Maurice !... Mon Maurice !...

Il y eut alors un vrai, un long silence. D'autant plus long que personne ne se sentit, sur-le-champ, capable de le briser.

Naturellement ce fut Diane qui reprit les rênes.

— Bruno, dit-elle du haut de trente ans de mondanités et d'aléas de ce genre — et elle toussa — ... Bruno, reprit-elle, la voix nette, hautaine et claire, je pensais trouver Luce de ce côté, où elle dormait jusque-là. Je suis navrée, mon cher Bruno, de ce faux espoir ! dit-elle avec cynisme. Vous seriez un ange, en effet, étant donné les ronflements de Loïc, de bien vouloir regagner votre chambre initiale et de me redonner la mienne, que je dorme un peu. Que nous dormions un peu, Luce et moi, ensemble.

Les trois hommes se regardèrent... Enfin, deux des hommes regardèrent le troisième avec son fusil et sortirent à petits pas de la chambre, le visage fermé, pâles et sans un mot.

Après trois minutes passées à enlever deux de ses robes de chambre, à se coucher, à relever les draps jusqu'à son menton et à soupirer violemment sans le moindre commentaire, Diane Lessing se tourna vers Luce qui, les yeux grands ouverts, semblait en catalepsie.

— Luce, ma chérie, «on» vous attend à l'extérieur, je crois. Soyez gentille de vous y rendre au galop et de ne pas me réveiller quand vous rentrerez. Bonne nuit, Luce!

Ayant dit, Diane Lessing plongea illico dans les bras, les seuls bras qui lui plussent ce soir-là, faute de Ferdinand, et qui étaient ceux de Morphée.

CHAPITRE IX

Chargé d'une mission qui laisserait enfin Bruno à sa tendresse, débarrassé de ses amis qui l'empêchaient de concrétiser des désirs très nombreux et très lubriques, J'irai-point partit donc à l'aube jusqu'au village de Mézouy-lez-Tours où trônait comme seul garage celui de Silbert, le réparateur et loueur de voitures de toute la région.

Il disposait en ces temps troublés d'une ancienne limousine qui avait fait les mariages, les enterrements et autres réunions des anciens combattants de 14-18, des clubs de pêcheurs et de chasseurs du pays. Une limousine qui devait avoir dix ou quinze ans et qui, dit-il à J'irai-point, après avoir compris son message, valait ses dix mille francs, à prendre ou à laisser. Cet ultimatum était uniquement dû à l'ignorance et à la folie attribuée aux citadins en général et à ceux-ci en particulier dont le garagiste, comme toute la campagne à la ronde, connaissait la présence chez les Henri. Bref, la locution «à prendre ou à laisser» fut écrite sur un papier en même temps que les origines, la carrière et le prix de la voiture et confiée à J'irai-point plus fiable en estafette qu'en porte-parole. Il repartit au même train, trouva à mi-chemin une carriole qui le recueillit et fut rentré à midi pour le déjeuner. Il remit illico son texte à Arlette, dévoué et frétillant comme s'il le rapportait entre les dents, et fila à la recherche de son beau Bruno qu'il retrouva là où il l'avait laissé endormi et dormant encore.

En effet, ignorant les turpitudes de la nuit et tenant à se rattraper après son enrouement de la veille, le coq de la maison s'était mis à chanter dès l'aube. Ses cocoricos furent vite accompagnés par les «beju... beju...» du grand-père en pleine forme, lui aussi, et que suivaient de leurs cris les volailles vaticinantes entre ses pieds, toutes pourtant blasées quant à ses glapissements. Ne pouvant retrouver le sommeil, et Luce et Diane, puis Loïc, avaient rejoint Arlette dans la cuisine et l'avaient vaguement aidée à confectionner ses pâtées pour les bêtes. S'étant même proposées pour les distribuer à sa place, les deux Parisiennes partirent donc d'un bon pied vers l'autre cour où s'ébattaient les oies.

Loïc et Arlette finissaient de nourrir les cochons cinq bonnes minutes plus tard quand un bruit de course et des clameurs les firent se retourner. Diane et Luce au coude à coude couraient vers eux, pourchassées par une bonne demi-douzaine de jars fous furieux, certains accompagnés de leurs femelles, elles aussi exaspérées. Arlette et Loïc, armés d'un bâton et d'un vieux balai, repoussèrent le troupeau en colère tandis que les deux femmes, réfugiées sur les marches du perron, refusaient énergiquement d'en descendre.

— Mais qu'est-ce qui s'est passé ? criait Arlette tout en lançant des « Fils de garce !... » et de grands coups de sa batte contre les bêtes qui leur tenaient tête.

— On dirait d'Artagnan et Athos repoussant à deux contre huit les sbires de Richelieu, disait Loïc en brandissant son balai devant lui. — Gare à vous, suppôts du Cardinal. Tiens, prends ça, toi, triste sire ! Attention ! Attention ! Je me fends, je taille, je pique, j'estoque !... Et merde. Ce salaud m'a mordu ! cria-t-il. Et il en lâcha son balai. Mais heureusement, les animaux, peut-être frappés par le remords, refluaient vers leur logis.

— Putains de bêtes ! marmonnait Arlette toute rouge.

Et comme toujours devant ses rares grossièretés, les trois Parisiens prirent des airs mi-sourds mi gênés — car il leur était encore nécessaire de respecter quiconque les faisait obéir.

— Montrez-moi ce qu'elle vous a fait, la garce ! Ah non, c'est un mâle, ça, rectifia-t-elle aussitôt.

Loïc s'étonna :

— Comment le savez-vous ? Y aurait-il une différence entre les dents des mâles et celles des femelles ? Ou le mâle mord-il plus profond ? Contrairement à nos mœurs européennes où les femelles sont les plus cruelles, n'est-ce pas, Mesdames ? Mon Dieu, je vais mourir saigné, moi, si ça continue !

Et en effet le sang coulait de sa chemise en abondance. Les deux femmes redescendirent précipitamment de leur perchoir et se précipitèrent vers lui tandis qu'Arlette grommelait sans qu'on l'écoute : « Ma parole ! Mais qu'est-ce qui leur a pris à ces bêtes ? Ils ne bougent pas les jars en général ! C'est la première fois, depuis que je les ai, que je les vois courir ces jars. Les oies, oui. Elles font leurs sottises aux chaleurs mais les jars, jamais ! Jamais ! » Et elle secouait la tête. Luce avait pris son air dramatique et Diane s'interrogeait à haute voix et à toute vitesse sur les moyens de réduire une hémorragie, ce qui réveilla la verve de Loïc malgré sa blessure :

— Un jars tue un de nos représentants du Quai d'Orsay ! Quel beau titre pour un journal : « C'est en essayant de défendre ses deux oies que Loïc Lhermitte fut blessé à mort par un rival. » Ça me paraît criant de vérité et même des plus vraisemblables, dirais-je... Bien entendu, personne n'est visé ici!... vous me croyez, Mesdames? Encore que Bruno ait quelque chose du jars, parfois, quand il redresse le cou. Je parle comme un moulin, je le sais, mais j'ai peur de m'évanouir si je me tais!

On l'avait rentré dans la maison et assis dans la fameuse alcôve où on lui avait mis une sorte de garrot. Le vieillard s'était tu, intrigué, et Arlette s'agitait toujours.

— Je vais chercher ma terre, là-bas. Je n'en ai plus ici. Je reviens. Tenez-le bien ficelé. Ne bougez pas d'ici!

Et elle partit en courant.

— Quelle brave femme, soupira Loïc. Elle est encore allée me chercher une de ses précieuses toiles d'araignée! Ça, c'est du cœur!... Alors, qu'est-ce qui s'est passé, en réalité? Qu'avez-vous fait à ces pauvres bêtes?

— C'est... c'est Diane, commença Luce... d'une voix peureuse... c'est Diane qui les a... n'est-ce pas Diane?

— Oh! Vous pouvez cafarder tout ce que vous voulez, dit Diane avec désinvolture, du moment que ce n'est pas devant Arlette! Allez-y, ma chérie! Allez-y!

— Eh bien voilà, chuchota Luce, quand Diane a vu toutes ces oies rassemblées dans leur enclos... il faut dire qu'elles avaient l'air bête, c'est vrai... elle a voulu les imiter. Alors elle s'est mise sur le pied droit, elle a tendu derrière elle la jambe gauche et a levé les bras de chaque côté, puis elle les a secoués. Il faut dire que ça leur ressemblait... vraiment! De face, elle était comme un « T », vous voyez?

— Je vois, ricana Loïc. Et ce sera peut-être ma dernière vision avant de tomber dans le coma... Et alors? Qu'est-ce qui s'est passé? Ça leur a déplu, ce T?

— Non... je ne crois pas que ce soit ça, dit Luce en secouant pensivement la tête, l'air psychologique. Non, non, c'est quand Diane a voulu imiter leur cri que tout a mal tourné.

— Comment ça?

— Oh, mais elle y est arrivée très, très bien, reconnut Luce avec une nuance de surprise et d'admiration dans sa rancune. Elle a poussé des cris, mais alors exactement comme eux! Faites-le une fois, Diane! Faites-le pour montrer à Loïc!

— Attention! souffla Diane. Attention! Si Arlette se doutait...

Elle jeta un coup d'œil vers le corridor, puis vers l'entrée de la maison et poussa un cri rauque, sifflant et stupide, si semblable à celui de ces bêtes cinq minutes avant qu'elle fit frissonner Loïc dans sa chair.

— C'est fou ce que ça leur ressemble, c'est vrai! Et

ça leur a déplu ? Peut-être leur avez-vous dit quelque chose d'odieux sans vous en rendre compte !

— Ça, sûrement ! approuva Luce. Ça, sûrement ! D'un coup, ils sont devenus fous furieux ! Et moi qui croyais que l'enclos était fermé ! Ils sont sortis et se sont mis à nous marcher dessus. Il y en a un qui m'a pincé le pied si fort que j'ai crié à Diane qu'il fallait se dépêcher... Et ça, pour se dépêcher, on s'est dépêchées... D'abord, poursuivit-elle d'un ton plaintif et agressif à la fois, comment les calmer une fois déclenchés ? Remarquez, ce cri, il fallait le faire quand même, ajouta-t-elle avec un sombre orgueil.

— Ce n'est pas difficile, dit Diane avec modestie. Vous poussez le cri avec le fond de la gorge, vous fermez les dents à moitié, en avançant la langue, et ça fait...

Et elle recommença beaucoup plus fort cette fois ! Les deux autres sursautèrent et regardèrent derrière eux mais Arlette avait dû aller prendre des toiles d'araignée ou de la terre très spéciale au fin fond de la grange.

— J'ai eu drôlement peur, conclut Luce en secouant la tête. Je n'avais pas eu peur comme ça depuis des mois.

— Ils avaient l'air tellement bêtes ! répéta Diane avec une insolence persistante. Ils étaient là sur leurs grands pieds, la gorge gonflée de colère, avec leurs petits yeux haineux, leur gros estomac et leurs pattes palmées comme les vieux banquiers ! Je ne peux pas vous dire... ils étaient hi-deux ! Hideux et haineux ! Ah ! les sales bêtes ! Je ne suis pas mécontente de les avoir... insultés ? je ne suis pas sûre mais troublés en tout cas et mis en colère. Ça, oui. Et tant mieux !

— Vous en êtes d'autant moins mécontente, ma chère Diane, que ce n'est pas vous qui payez les pots cassés ! geignit Loïc d'une voix mélancolique en tendant son bras ensanglanté. Ce sont toujours les autres qui paient pour vos folies, Diane, je ne sais pas si vous vous rendez compte ! Mais ça devient terrible ! Terrible !

Pour une fois Diane mordit à l'hameçon et montra les signes les plus proches qu'elle connût du remords (mais qui en étaient quand même relativement distants).

— Je suis désolée ! Vraiment désolée, Loïc ! Pensez donc ! Si vous n'aviez pas été là ces bêtes nous auraient déchiquetées, non, Luce ?

— « Deux femmes du monde déchiquetées par des jars. Ce ne serait plus la jalousie mais le désir brut qui serait à l'origine de ce nouveau drame », déclama Loïc redevenu rédacteur en chef pour évoquer la catastrophe.

— Tout ce sang ! disait Diane.

— Ne sombrez pas dans le remords, Diane. Non. Si vous voulez me consoler, faites-moi un serment...

— Tout ce que vous voulez !

— Jurez-moi de me refaire le cri du jars quand je le voudrai, à Paris ou n'importe où, dans n'importe quel salon, quand je vous le demanderai Cela pendant un an, disons.

— Le cri du jars!... Et si. euh... je ne sais pas moi... si le... euh... s'il y avait là le roi d'Angleterre ou quelque éminence de la sorte?...

Mais le regard sévère de Loïc et son bras lui ôtaient toute défense.

— D'accord! dit-elle. D'accord! Un an.

— Vous ne l'oublierez pas?

— Quoi donc?

— Le cri du jars!... Moi, personnellement, je n'oublierai pas de vous le faire pousser.

— Oui, oui. Bien sûr, bien sûr! Quand je promets, je promets! dit Diane, un peu déconfite malgré tout et angoissée.

Elle entrevoyait en imagination un immense dîner: des gens très importants, Loïc discutant à perte de vue sur ses syllabes et ses consonnes sans que personne y comprenne rien, Luce avec son air minéral, Bruno racontant son viol par un débile dans la campagne beauceronne et elle-même poussant le cri du jars!... Oui... ils feraient une jolie équipe! Ils seraient invités partout mais ré-invités nulle part...

Arlette arrivait avec Maurice, sa bizarre pharmacie sous le bras et une expression étrange, presque effrayée, sur le visage. Diane soupira malgré elle.

— Qu'avez-vous à pousser ces soupirs ? s'enquit Loïc.

— Je me demande ce que le passé nous réserve... dit-elle, distraite.

Mais, étrangement, personne ne releva ce lapsus. Même pas Loïc que l'on pansa et que l'on installa à l'ombre, ses trois houris autour de lui.

Les animaux étaient tranquilles, la moisson faite — et rentrée —, il n'y avait pas de convives pour le déjeuner, ils pouvaient donc se reposer un peu au grand air, le soleil sur les pieds et la tête protégée, dans ce silence si inquiétant au début et si agréable à présent. Ce silence des champs que l'on savait maintenant fait d'une terre bâillonnée par le soleil, d'oiseaux occupés à se nourrir, d'arbres aux feuilles muettes faute de vent. Après les violentes scènes des volailles leur quiétude était délicieuse, bien qu'Arlette eût refusé à Diane le petit verre de prune que celle-ci prétendait nécessaire à son système nerveux. Cette paix ne dura qu'un instant car ils remarquèrent vite que le regard d'Arlette — qu'ils avaient l'habitude de voir fixé sur quelque objet ménager ou alors sur l'horizon — prenait cette fois-ci en se portant sur leurs trois visages des expressions de honte et de despotisme aussi fugaces que contradictoires.

Loïc eut son réflexe habituel et tenta d'écarter ce nuage par une plaisanterie.

— Le jars peut-il être plus bête que l'oie? demanda-t-il à la ronde. Vous ne connaissez pas ce recueil, ma chère Diane ? Il est très très beau. Ce sont des poèmes de Paul Eluard... le titre est un peu différent de ça mais la musicalité est bien la même.

— Ça me rappelle quelque chose, dit Diane d'une voix aimable car, même si elle l'ignorait, toute référence culturelle lui « rappelait toujours quelque chose » et la rendait affable.

Loïc continuait :

— C'est un très beau recueil que...

Il s'arrêta. On ne pouvait pas détourner Arlette de ses états d'âme quand par hasard elle en avait. C'était un événement trop rare pour qu'il puisse être sans signification ou sans suites.

— Arlette, dit-il, vous avez l'air soucieuse. Que se passe-t-il ?

Arlette Henri ouvrit la bouche, la referma et croisa ses deux mains sur ses genoux.

— Il se passe que... voilà... on avait demandé au garagiste, à votre arrivée, s'il avait une voiture pour vous... Vu que... vu qu'on pensait que... la ferme, vous... vous n'alliez pas rester... même trois heures, hein, à vous voir.

— On aurait pu le croire en effet, dit Diane en souriant. A priori ce n'était pas une villégiature pour nous... Mais je vais vous étonner, ma chère Arlette...

Elle se pencha et posa la main sur le poignet de son hôtesse qu'elle tapota même plusieurs fois avec autant de vigueur que de sincérité :

— ... je vais vous étonner : je ne me suis jamais sentie nulle part aussi bien... je ne me suis jamais aussi bien portée qu'ici ! Ni à Gstaad, ni à Saint-Domingue, ni à Davos, ni au Touquet, nulle part !... C'est curieux !

— Et alors, pour la voiture ?

La voix de Loïc était paisible mais plus tendue que celle de Diane. Et Luce avait pâli sous son hâle de campagne, si différent du hâle des plages (et en fait plus joli), avait remarqué Diane.

— Eh bien... il y a qu'il en a une ! Je l'avais oubliée vu les circonstances. Et maintenant que les routes sont sûres, que les Allemands sont repartis chez eux, le garagiste a dit qu'il en avait une. J'ai envoyé J'irai-point faire des courses chez le bourrelier, balbutia-t-elle. Et Silbert lui a donné ça... pour vous.

Elle tendit un papier sale à Loïc en se détournant pour éviter son regard. Mais il avait vu une panique changer ses traits et lui donner un instant une féminité inattendue et curieusement gênante.

Il se tut.

— Mais vous avez le temps, voyons, dit-elle. Je ne vais pas vous jeter dehors quand même ! Non ! Alors ça, ça serait... ça, ça serait un... ça serait quelque chose ! gémit-elle presque.

Et sous les yeux écarquillés de ses hôtes elle releva son tablier, se pencha et y cacha son visage dans un geste de veuve grecque ou d'écolière punie.

— Mais que se passe-t-il ? s'écria Diane, debout. Ma chère Arlette ! Que se passe-t-il ? Que vous arrive-t-il ? Vous n'avez pas reçu de mauvaises nouvelles ? Votre mari et votre fils, tout va bien ?

— Oh oui, ils vont bien... très bien, répondit la voix étouffée d'Arlette qui, dans son tablier, mourait de chaleur et s'étonnait elle-même de ce refuge dont bêtement elle n'osait pas sortir.

— Eh bien c'est le principal ! S'ils sont vivants, ils vont revenir ! Ils vont être là très vite ! Hein, Arlette ? Hein ?... Mais j'y suis ! J'y suis !...

Diane se tournait vers ses amis, tout excitée et enchantée de sa perspicacité.

— C'est ça ! Mais bien sûr ! J'ai trouvé ! Ils arrivent et vous ne savez pas où nous loger ! C'est ça ? Ah, ma petite Arlette, quelle enfant vous faites ! Vraiment ! De toute façon nous devions partir : les moissons sont finies, dit-elle d'un ton logique, comme si Loïc, Luce, Bruno et elle-même avaient été des ouvriers journaliers qualifiés et itinérants. Il nous faut bien rentrer aussi ! Voyons ! Quel souci pour rien ! Chère Arlette, on le sait bien que vous nous garderiez si vous le pouviez !

La « chère Arlette » semblait de moins en moins décidée à quitter son tablier.

— Je suis sûre que la voiture est toute prête pour notre départ ! Tenez, montrez-moi ce papier, Loïc. Qu'en pensez-vous, vous ? « A prendre ou à laisser ! » On prend, bien sûr ! C'est pour rien, non, il me semble ?

— Je ne sais pas, dit Loïc, si nous parviendrons jusqu'à Paris avec une Delage 1927 mais enfin on va essayer...

— Évidemment ce n'est pas la Chenard ! Mais nous ne sommes pas snobs, nous arriverons aux Champs-Elysées dans notre Delage, comme de vrais touristes... Et, ma petite Arlette, assez de pleurs ! Nous reviendrons vous voir très, très vite. Et vous, vous allez venir à Paris ! Nous déjeunerons ensemble ! Au restaurant que vous voudrez ! dit-elle avec un peu moins d'entrain. — ... ou plutôt chez moi ! Mais là, avons-nous le temps de grignoter quelque chose ? J'imagine qu'ils ne vont pas arriver avant la tombée du soir, comme d'habitude.

— Comment connaissez-vous l'heure des retours guerriers ? demanda Loïc d'une voix éteinte.

— Je ne sais pas mais toujours, au cinéma ou au théâtre, j'ai vu les soldats ou les mousquetaires arriver chez eux la nuit. Cela doit correspondre à quelque chose, non ? Alors, on a le temps de déjeuner ensemble, Arlette ?

Arlette opina de la tête, violemment, sous son tablier.

— Vous voyez, Loïc !

Diane était triomphante mais seule à l'être. Loïc s'était levé et partait à petits pas vers la combe. Quant à Luce, elle pleurait ouvertement, immobile sur sa chaise, malgré l'arrivée de Bruno et de Maurice.

D'instinct, Loïc alla s'asseoir dans le même pré que la veille au soir. Celui où il avait plaisanté avec Diane, où il lui avait même fait quelques compliments sur son physique. Extravagant ! Non, il était un brave garçon quand même quand il y pensait... Et un brave garçon sentimental s'il y pensait un peu plus car, enfin, il serait le seul à partir triste, c'était le mot exact, triste, de cet endroit ; à part Luce, bien sûr. Luce qui avait rencontré un visage aimable et rassurant de l'amour, tel qu'il le lui fallait. Enfin elle avait trouvé la possibilité du bonheur ou de la paix. Et même ses larmes indiquaient une aisance à pleurer, une facilité à pleurer et à se livrer à ses sentiments qui auguraient bien de l'avenir. Il l'avait connue incapable de manifestations de ce genre et elle ne l'était plus. Quant à Bruno, cet endroit où il avait été humilié devait lui brûler la plante des pieds. Elle lui avait donné une bonne correction, cette ferme, et ce n'était pas si mal. Outre son insolation et son histoire d'amour, il avait subi de quoi perdre un peu de sa superbe...

Quant à lui, Loïc, il regrettait un endroit où il s'était

supporté lui-même avec facilité, voilà tout. Mais après sa déception, qui était une déception enfantine sur la durée de leur séjour, après cette déception, donc, il n'avait plus qu'une envie : partir, fuir cet endroit, quitter cette herbe, ce pré où il s'était senti si bêtement, naïvement et mollement accordé à la vie... à sa vie. A sa caricature de vie.

Ce coucher de soleil, la veille, qui l'avait laissé si apaisé, si près du bonheur, n'était une fois de plus qu'une de ces stupides et cruelles images d'Epinal feuilletées plus jeune mais ignorées depuis longtemps... une de ces images d'Epinal dont il obstruait lui-même, parfois délibérément, avec masochisme, la longue-vue si claire et si honnête, à peine amère, de sa lucidité habituelle. Il s'était laissé aller bien sûr, quelquefois, à ces agrandissements lyriques de sa propre existence. Il y avait ajouté des lumières, des bougies, des fleurs et de la musique, il s'était abandonné au flot de ses fantasmes. Mais dans des circonstances quand même plus grandioses... Pendant de longs voyages... ou pour une femme très secrète. Il n'aurait jamais pensé désarmer et se permettre l'optimisme, voire la paix de l'esprit, voire même le bonheur, dans une petite ferme plutôt crasseuse, à deux cents kilomètres de Paris. Tout cela en un malheureux week-end des plus inattendus. Il était temps qu'il remette sa petite tenue anti-nuages, anti-gens du monde, sa petite tenue pare-balles, pare-bals, qui était l'ironie et qui n'était qu'une précaution comme une autre. Mais qui, comme toutes les précautions, finissait par légèrement abîmer ou égarer son utilisateur... moins gravement pourtant que s'il n'y recourait pas.

Elle n'y allait pas de main morte, cette chère Arlette! songeait Diane Lessing que l'on n'avait jamais, jusqu'ici, réexpédiée de la sorte d'aucun château de France ni de Navarre. Elle en restait un peu vexée bien sûr mais surtout étonnée. Arlette aurait dû, pour commencer, lui en parler. Car, après tout, elles étaient bien les deux «chefs» de cette étrange équipe, les deux responsables. Certes, ses hommes revenaient: mais de là à les faire déguerpir, à la sauvette, le jour même!... Non point qu'elle-même, Diane, eût imaginé rester une semaine de plus dans cet endroit! Mais cette hâte lui déplaisait. Enfin!... Peut-être les trouvait-on un peu pesants? Peut-être ces paysans avec leurs poules, leurs mouches et leur grand-père hurleur, trouvaient-ils ennuyeuse la fine fleur, après tout, de la haute société parisienne? C'eût été cocasse! Non, il devait y avoir autre chose. Mais quoi? Avait-on vexé ou éloigné Arlette? Non, elle l'aurait su sur-le-champ. Même avec des interlocuteurs aussi différents par le comportement, l'éducation et les sentiments que ces paysans, il y avait chez elle, Diane, une intuition toujours en éveil, une sorte de divination qui ne lui avait jamais fait défaut: elle remarquait tout. Le moindre petit détail qui clochait, hop! elle l'attrapait au vol. C'était même épuisant, parfois, cette perméabilité et cette sensibilité excessives et permanentes dont on la félicitait sans cesse. Elle aurait bien aimé, elle aussi, Diane, de temps en temps ne rien voir et ne rien entendre. Elle eût aimé rester impavide comme une grosse bête ruminante, les yeux écarquillés, à l'instar de tant d'autres.

En attendant, ce départ hâtif ne s'expliquait, malgré les airs bizarres de Loïc, que par le retour des deux militaires. C'était une solution simpliste, peut-être, pour un diplomate au chômage depuis une semaine mais c'était la seule... il faudrait bien que Loïc s'y résignât.

Leur retour serait moins triomphant que ne le pensait Diane, se disaient in petto Arlette et Maurice Henri qui, eux, savaient dans quel sens évoluait la guerre. Mais Maurice ne s'attarda pas à ce vague remords: un autre sujet le préoccupait davantage: Luce. Luce allait partir! Sa belle et douce Luce allait partir! Sa mère aurait pu attendre un peu. Le prévenir en tout cas. Il jeta vers Luce un regard désespéré et, pour bien lui montrer son innocence, s'écria:

— Mais quoi? Quoi, la Delage de 1927? On ne sait

même pas si elle marcherait jusqu'à Tours ! Et puis, il n'y a pas le feu, si ?

Le visage blanc et pâli de Luce, ce petit visage effrayé et soumis, lui fendait le cœur. Il lui souriait mais elle baissait les yeux. Elle n'espérait pas plus de lui que des autres hommes, c'était clair. Et Maurice Henri, malgré toute sa fluidité naturelle, se sentait un homme de plomb, une brute. Jamais il ne trouverait une femme qui lui plaise autant ni une femme à qui il plaise autant lui-même ! Et déjà l'admiration si visible dans les yeux de Luce, ses yeux brillants dans le foin, la façon dont elle avait remonté sa main sur son dos à lui, sur ses hanches et sur son torse, sur son cou, avec cette lenteur extasiée et naïve, tout cela lui donnait envie de pleurer. C'était sa femme à lui ! C'était sa femme... Et jamais une femme ne lui avait si évidemment, si physiquement, paru être la sienne. Ça n'allait pas se passer comme ça ! Il s'approcha et lui prit le coude mais elle détourna les yeux et la tête, sans reproche et sans larmes apparentes.

— Ça ne fait rien, dit-elle faiblement... je savais bien que... mais c'est si rapide !

Il baissa les yeux à son tour, se hasarda à attraper sa main et à la prendre dans la sienne, maladroitement, devant tout le monde. Et personne ne bougea. Personne ne sembla rien remarquer, Bruno encore moins que les autres.

— Il n'y a vraiment que la guerre pour transformer une Chenard et Walcker 1939 en une Delage 1927 ! remarqua Diane.

— Je ne jurerais pas qu'elle nous amènera jusqu'à Paris, dit Loïc, mais elle nous avancera.

— Pensez-vous ! Ce sont des voitures absolument increvables, ça ! Nous serons à Paris en trois heures, au maximum, puisque les Allemands ont débarrassé les routes. Il n'y aura que les réfugiés. On aura vite fait de rentrer par les petits chemins !

Bruno trépignait de joie. Il ne pouvait cacher son bonheur bien qu'il tentât de le faire. Le chagrin de Luce paraissait visiblement à tout le monde plus moral, plus digne, que sa gaieté à lui — pourtant le trompé —, par un de ces tours de passe-passe comme il y en a dans le monde et qui sont d'un cynisme absolu...

Il sanctionnerait tout cela plus tard, à Paris. Jusque-là rien ne devait s'opposer à leur départ. Il exultait. Il ne sentit pas d'abord la main de J'irai-point qui lui tapotait l'épaule mais se retourna enfin et, dans sa joie, fit même un sourire à ce demeuré.

— T'inquiète pas, chuchota J'irai-point en lui postillonnant désagréablement dans l'oreille. T'inquiète pas. Toi, rester.

— C'est ça !... et bois de l'eau fraîche ! répondit Bruno dans un réflexe de lycéen. — Et il ricana.

— C'est tout arrangé avec Arlette, confirma J'irai-point.

Un instant, un terrible instant, Bruno s'affola. Ils n'allaient pas le laisser là, ligoté à une chaise, aux mains de ce dégénéré, de ce dégénéré pervers ! C'était eux qui appréciaient la campagne, pas lui ! Il se glissa près d'Arlette qui semblait occupée, comme tout le monde, à ranger un outil ou à cueillir une fleur, il ne savait pas.

— Qu'est-ce qu'il raconte votre homme de main, là ? Que vous voulez que je reste ?

— Ça, ça ne risque pas ! dit Arlette avec une fermeté qui, tout en rassurant Bruno, le vexa au passage. Ça ne risque pas mais laissez-lui croire, autrement il va nous faire toute une histoire. D'ailleurs, je l'enverrai chez Fabert avant que vous ne partiez.

— D'accord, d'accord ! dit Bruno hâtivement.

Ça allait être gai, ce soir, à la ferme ! Entre le demeuré qui hurlerait à la lune et le grand-père avec ses « beju » ! Ils allaient se régaler, les Henri, en attendant l'arrivée du coq dans la chorale au petit matin !

— Alors ? Hein ? Alors ?...

J'irai-point lui filait le pas, à présent, les sourcils froncés — si l'on pouvait appeler ainsi la barre horizontale et velue qui reliait ses deux oreilles.

— Alors elle t'a dit ?

— Oui, oui, elle m'a dit et c'est d'accord, cher camarade. Je raccompagne mes amis jusqu'au carrefour et je les plaque après pour rester ici en ta compagnie, à manier la fourche et le râteau!

— Ça, on n'est pas obligés, hein! marmonna J'irai-point, paresseux jusque dans les grandes circonstances. Puis d'abord, c'est fini, les moissons!...

— Tu nous trouveras bien quelque chose à faire, je ne m'inquiète pas, jubila Bruno.

Ni l'un ni l'autre n'avaient remarqué le développement inattendu de leur langage et le sentiment de supériorité, de mépris qui défigurait Bruno attira le regard de Loïc. Il concentra sur lui, en une seconde, toute la vague répugnance, la crainte, que lui inspirait ce retour dans la capitale.

— Arrêtez de vous moquer de ce pauvre bougre, cria-t-il. Vous serez aimé par bien pire.

CHAPITRE X

Tout le monde se retrouva donc assis dans la grande salle pour le déjeuner. L'atmosphère y était à la fois solennelle et versatile.

— Qu'allons-nous avoir à manger? demanda Diane qui avait visiblement choisi le rôle du boute-en-train et tentait de le tenir jusqu'au bout.

— Du jars... du jars au sang... lança Loïc, rancunier.

— Ça s'mange point, d'abord, dit J'irai-point, l'amoureux transi. Et puis... les jars, ça s'tue point... vu les oies.

— Quoi: « vu les oies » ?

— Les oies, elles les veulent, leurs jars, au printemps. Hein, le Maurice?

— Beju! hurla le grand-père car son petit-fils

avait l'air occupé tout à fait à autre chose dans son coin, avec la belle jeune fille.

— Ça, au printemps, le jars, faut pas le leur promettre, aux oies ! assura de nouveau l'imbécile.

Et, affinant sa pensée, il ajouta :

— C'est un p'tit peu comme par chez nous... hein ?

Là-dessus il éclata d'un de ses bons gros rires obscènes qui, comme d'habitude, fit frissonner tout le monde.

Loïc fumait une cigarette, sa chaise inclinée en arrière, les cheveux un peu longs sur la nuque et sur le front. Il avait l'air d'un peintre ou d'un marginal plus que d'un diplomate, il fallait bien le dire.

Diane lui jetait de temps en temps un coup d'œil inquiet. Elle ne savait pas pourquoi, depuis une heure ou deux, depuis cette histoire avec les jars en fait, Loïc Lhermitte l'inquiétait. Quelque chose ne « collait » pas chez lui. Pourtant il devait être content de rentrer à Paris, lui aussi. Il entamait un dernier discours :

— C'est toujours intéressant, disait-il de sa voix paresseuse et distraite, ces similitudes entre deux espèces... Voyez le parallèle établi par « J'irai-point » : cette ardeur, ce refus de tout bla-bla-bla au printemps chez les unes et toute l'année chez les autres. Ces exigences sexuelles !... C'est curieux, non ? Mais cette comparaison n'est pas forcément à votre avantage, Mesdames...

Les « dames » tournèrent vers lui trois visages, l'un surpris, l'autre critique et le troisième absent.

— De quoi parlez-vous donc ? s'enquit Diane.

— Je parle de dévouement : pensez au nombre de ces oies, de ces pauvres jeunes êtres que l'on tue chaque année, à chaque génération... tout ça pour les mettre dans une boîte en acier froide et étroite, séparées de leur milieu familial... et cela jusqu'à leur consommation ! Avez-vous une amie ou une relation, Diane, qui supporterait ça tout en sachant que le jars, son époux, resté, lui, au logis, finira par l'oublier dans les bras ou dans les pattes d'une fille d'oie ? Ah non ! Ah, ça m'étonnerait !

— Il est devenu complètement arriéré, je vous assure ! dit Diane avec conviction. Qu'est-ce qui vous prend ? De quoi parlez-vous, Loïc ?

— Je parlais d'une comparaison entre vous et les oies qu'avait fort intelligemment commencée J'irai-point.

— Je me demande vraiment ce que vous pouvez faire au Quai d'Orsay !

— Je déclenche des guerres, dit Loïc avec entrain. La petite dernière était très bien partie. Il y avait un peuple suréquipé, belliqueux et, en face, une France en pagaille, étourdie. Ça aurait pu durer des années. Et non ! Je me demande bien ce qui s'est passé ? Enfin ! La politique n'est vraiment jamais sûre, même le pire n'est pas sûr.

Et avec un gros soupir Loïc attrapa la bouteille de vin frais dont il servit généreusement ses voisins les plus proches, sans s'oublier lui-même.

Il eut à peine le temps, d'ailleurs, de poser sa bouteille et d'avaler son verre que, déjà, des mains se tendaient vers elle. Il semblait que la soif fût grande ou qu'une sorte de timidité nouvelle fût tombée sur leur joyeuse famille. Une gêne, une sorte de récupération tardive de leur identité qui recollait sur le dos de chacun son étiquette du départ : diplomate supposé pédéraste pour Loïc ; gigolo de 28 ans chez Bruno ; femme du monde trépidante chez Diane ; jeune femme riche et mal mariée pour Luce. Et tout le monde essayait de regagner son personnage ou, plutôt, tentait de le faire réintégrer aux autres pour se rassurer. Et chacun d'eux trouvait les trois autres ridicules et, par moments, touchants dans leur désir de ressembler à eux-mêmes Tout au moins à leur eux-mêmes parisien.

— Ce petit vin va me manquer... lui aussi, dit Loïc, parlant à Arlette qui hocha la tête pour bien montrer qu'elle avait enregistré le compliment.

Ils avaient beaucoup fait d'aller et retour entre les « chambres » et la « voiture », la cocasserie de ces termes qui désignaient pour eux en général un certain luxe leur réapparaissant en leur état actuel. De plus, les efforts physiques déployés avec exagération pour transporter les bagages de l'un à l'autre, les cris de Diane quand sa valise surchargée d'on ne savait quoi s'était ouverte dans la cour, les injonctions, les refus et les grimaces pour attacher sur le toit celles de Loïc et de Bruno, le coffre de la Delage ne les contenant pas, tout cela s'était déroulé très lentement et très vite à la fois. Aussi furent-ils presque étonnés d'être prêts à partir, au moins sur le plan technique. Car rassurée sur leur prochain départ, Arlette ne cessait de le refuser. Ses devoirs remplis, elle leur demandait à présent avec sincérité de rester en tout cas pour dîner et enfin de rester pour une nuit. Mieux valait, d'après elle, partir de bon matin que d'avoir à redouter la nuit avant Paris. Mais les dés étaient jetés, Bruno piaffait, les larmes de Luce devenues intarissables faisaient de leur retard une lâcheté sadique.

— Tenez, dit Diane affectueusement en ouvrant sa Vuitton, tenez, Arlette, je vous en prie ! Prenez ceci ! Ça vous ira divinement bien !

Ceci était une liseuse en tricot — enfin, en cachemire — rose pâle, ravissante — ou qui l'eût été si l'imaginer autour du Memling n'avait pas eu un caractère hilarant.

— C'est bien joli mais ça sert à quoi ? demanda l'intéressée.

— A vous tenir chaud aux épaules l'hiver, dit Loïc.

— Ah ça, c'est bien, parce que quand il commence

à faire froid, ce n'est pas rien ici ! Il y a tous ces putains de thermomètres qui sautent, l'hiver ! s'écria Arlette, de nouveau grossière au grand dam de ses invités.

Ces quelques mots crus, plus les jurons dont elle n'émaillait que rarement son vocabulaire, étaient devenus singulièrement nombreux depuis que leur départ était projeté.

— Allez, on y va ! dit Loïc que les larmes de Luce commençaient à chagriner.

Il y eut là-dessus une scène confuse où tout le monde se jeta au cou de tout le monde, Bruno mis à part, et où les étreintes et les adieux furent si mélangés que Diane en vint à embrasser Loïc avec tous les signes du désespoir. Ces effusions un peu calmées, ils se retrouvèrent installés dans la voiture, Luce et Bruno derrière, Loïc au volant et Diane à ses côtés. « Comme une famille modèle », songea Loïc un instant, « avec les enfants derrière et Bobonne à côté de moi ». Il glissa un coup d'œil vers Bobonne qui avait ouvert sa portière, posé le bras dessus et qu'il sentait prête à agiter les doigts gracieusement, voire même à envoyer des baisers vers ces paysans. Lesquels paysans — pour eux Parisiens retranchés dans la voiture et les pieds arrachés à leur cour — réapparaissaient comme tels en effet : des péquenots, des ploucs, dans leurs vêtements de coutil usé, avec leur hâle excessif et mal réparti.

— Allez, au revoir! cria-t-il, et la voiture s'ébranla.

Luce avait laissé son visage contre la vitre et regardait fixement son amant qui s'éloignait à vue d'œil et qui, lui aussi, restait immobile à les contempler. Quand ils arrivèrent en haut de la combe, ce fut la tache blanche de ce visage dans une voiture sombre que Maurice continua à fixer longtemps après que se fut apaisé le nuage qu'elle provoquait dans le sentier poussiéreux.

Bien entendu la Delage se perdit, suivant les indications un peu primaires d'Arlette. Ils tournèrent en rond, comme le faisait de son côté une autochenille allemande à la recherche de quelques soldats français que l'on disait encore décidés à se battre.

Arrêtée à un carrefour, la voiture allemande vit donc arriver à petite vitesse mais sans freiner malgré leurs signaux une limousine démodée.

— Qu'est-ce qu'ils fichent là? s'enquit Bruno. Ils cherchent l'Allemagne?

— De toute manière, je n'ai pas l'intention de capturer des prisonniers aujourd'hui, dit Loïc. Et il accéléra, à la grande stupeur du lieutenant allemand qui fit signe à ses mitrailleurs — et le fit avec d'autant plus d'entrain que, excédée ou amusée, Diane avait sorti le drapeau français abandonné dans la voiture par les anciens combattants de 14-18 et le secouait gaiement par la portière.

Placés à l'arrière, Bruno et Luce furent sans doute touchés dès la première rafale et Loïc aussi, puisque la voiture commença aussitôt à ralentir et à zigzaguer d'un fossé à l'autre avant de s'y enfouir. Il n'y avait qu'une survivante, comme le constatèrent les tireurs allemands en voyant sortir au bout d'une longue minute, coiffé de boucles rousses presque rouges, un profil à l'expression extrêmement courroucée, mais qu'ils n'eurent pas le temps de détailler puisqu'ils la tirèrent de loin comme un lapin. D'ailleurs la voiture flamba presque aussitôt.

On eut beaucoup de mal à identifier les victimes de cette bavure, d'autant qu'il n'en restait rien. Ce furent l'influence que commençait à prendre Ader sur l'état-major allemand et ses nombreuses enquêtes qui établirent la vérité. La lenteur qu'on mit à les découvrir empêcha qu'on pleure ces voyageurs autant qu'ils auraient dû l'être : faute de date surtout, faute de raison à la bizarrerie de leur mort.

Pour provoquer le chagrin et les larmes il faut des circonstances précises, un décor, des détails que ne demandent pas, Dieu merci, le plaisir et le bonheur, lesquels s'accommodent d'un canevas plus flou.

Achevé d'imprimer en septembre 1991
sur presse CAMERON
dans les ateliers de la S.E.P.C.
à Saint-Amand-Montrond (Cher)
pour Julliard
éditeur à Paris

La photocomposition de cet ouvrage
a été réalisée par
Graphic Hainaut
59690 Vieux-Condé

N° d'Édition : 5030. N° d'impression : 1980.
Dépôt légal : avril 1991.
Imprimé en France